Descobrindo a Infância

Descobrindo a Infância

ALDIVAN TORRES

Canary Of Joy

CONTENTS

"Descobrindo a Infância"

Aldivan Torres

Descobrindo a Infância

Por: Aldivan Torres
©2018-Aldivan Torres
Todos os direitos reservados

Aldivan Torres é um escritor consolidado em vários gêneros. Até o momento tem títulos publicados em nove línguas. Desde cedo, sempre foi um amante da arte da escrita tendo consolidado uma carreira profissional a partir do segundo semestre de 2013. Espera com seus escritos contribuir para a cultura Pernambucana e Brasileira, despertando o prazer de ler naqueles que ainda não tenham o hábito. Sua missão é conquistar o coração de cada um dos seus leitores. Além da literatura, seus gostos principais são a música, as viagens, os amigos, a família e o próprio prazer de viver. "Pela literatura, igualdade, fraternidade, justiça, dignidade e honra do ser humano sempre" é o seu lema.

"Ninguém acende uma lâmpada para cobri-la com uma vasilha ou colocá-la debaixo da cama. Ele a coloca no candeeiro, de modo que todos os que entram, vejam a luz. De fato, tudo o que está escondido, deverá tornar-se manifesto; e tudo que está em segredo, deverá tornar-se conhecido e claramente manifesto. Portanto, prestem atenção como vocês ouvem: para quem tem algo será dado ainda mais; para aquele que não tem, será tirado até mesmo o que ele pensa ter". (LC 8,16-18)

"Descobrindo a Infância"

Descobrindo a Infância

1 — Infância

1.1-Sitio Fundão,1 de agosto de 1900-Nascimento

1.2-Comemoração

1.3-Festa de Batizado

1.4-Os primeiros brinquedos

1.5-A doença e a primeira palavra

1.6-Finalmente, em pé

1.7-Visita de parentes

1.8-O período de dois anos

1.9-O primeiro dia na escola

1.10-A primeira surra

1.11-O nascimento do segundo filho

1.12-Mais três anos se passam

1.13-Algumas experiências interessantes na vida dos dois irmãos

1.14-A descoberta do amor

1.15-A nova rotina

1.16-As histórias de Dona Filomena

1.17-O código de conduta de Dona Filomena

1.18-Estórias de caçador

1.19-Despedida

1.20-Fim da infância

1 – Infância

1.1-Sitio Fundão,1 de agosto de 1900-Nascimento

Era uma tarde ensolarada de quarta-feira. O casal, Filomena e Jilmar, estavam descansando frente a sua pequena e simples casa. Já completaram um ano de casamento e de mudança da sede do município Cimbres (Atual Pesqueira), e estavam muito felizes apesar das grandes dificuldades financeiras que se encontravam. Jilmar, ainda no tempo de namoro, trabalhara como condenado como ajudante de carga de modo a juntar dinheiro e comprar um pequeno pedaço de terra e fora ajudado pela então noiva Filomena que fazia rendas. Quando juntaram dinheiro suficiente, casaram, mudaram-se para o sítio, e começaram uma vida a dois. Com pouco tempo, Filomena se achara grávida.

Nesta mesma tarde, completara os longos nove meses de espera. Descansando e pensando no futuro, repentinamente, Filomena começou a sentir as dores, pediu ajuda ao marido que saiu em disparada, a cavalo, a procurar uma parteira. O jovem Vítor se apressava em estrear num mundo cheio de misérias, dificuldades, mas que também era belo e prazeroso. No tempo em que ficou sozinha, Filomena começou a recitar orações dirigidas a Nossa senhora do bom parto e elas aliviaram um pouco sua ansiedade e dores. Quando menos esperava, seu marido Jilmar voltou com a parteira graça, a levaram para o quarto e com a ajuda dos dois depois de duas horas angustiantes, o menino enfim nasceu.

Começava aí mais uma trajetória espetacular da linhagem Torres, uma raça de seres humanos especial, cheia de diversos dons. Com o passar do tempo, se revelaria sua inclinação para as artes ocultas e só mesmo Deus saberia aonde o mesmo poderia chegar. Por enquanto, ele seria criado por um casal cheio de amor que lhe ensinaria os conceitos básicos de sobrevivência, de valores, ética e como se portar numa sociedade ainda desigual do início do século XX.

1.2-Comemoração

Depois do nascimento, Jilmar e Filomena começaram a se preocupar com a alimentação e o vestuário do recém-nascido. Foi aí que tiveram uma ideia: chamar alguns conhecidos da região que tinham uma maior posse para participar duma pequena comemoração e a fim que os mesmos retribuíssem com presentes. Assim fizeram. Uma semana depois, abriram as portas de sua pequena e simples casa e receberam os amigos. Entre eles, os primos solteiros de Filomena, Angélica, Bartolomeu e outros parentes de Jilmar.

Todos que compareceram foram bem recebidos. Por curiosidade, olhavam o bebê, elogiaram seus atributos e retribuíram com presentes diversos de utilidade. O casal agradecia e prestava atenção a todos. No final, serviram um pequeno banquete, que apesar de simples, foi muito apreciado. Quando a comida acabou, a conversa continuou a girar durante um bom tempo sobre assuntos gerais incluindo política, fuxico, novidades. Assim o tempo passou. Perto de anoitecer, os presentes foram se despedindo, e por fim, ficaram apenas Jilmar, Filomena e Angélica. Esta última, antes de ir embora, aproximou-se do bebê, o tocou e num grito fez uma profecia: — Este sim, vai orgulhar a raça Torres, vai ser um desbravador de seu tempo!

Os pais não entenderam bem o desabafo, mas agradeceram mesmo assim. Quando Angélica se foi, os dois ficaram a sós, aproveitaram para comer, namorar e depois dormir, pois, nessa época, num sítio distante, não havia muitas opções de lazer.

1.3-Festa de Batizado

De família tradicionalmente católica, como a grande maioria das pessoas do interior do Brasil, foi organizado a primeira iniciação do recém-nascido Vítor na religião, ou seja, seu batizado. Para a ocasião foram convidados parentes e amigos, incluídos as madrinhas e um padrinho.

Era o dia 15 de agosto de 1900, outra quarta-feira. Todos os convidados da ocasião e os pais do menino se dirigiram a sede Pesqueira, mais exatamente a catedral. No horário combinado, todos se achavam presentes, espalhados pelos bancos da Igreja. Mas o padre ainda não chegara. Esperaram mais trinta minutos, o vigário Freitas chegou, e deu início à celebração. Durante trinta minutos, pregou sua ideologia e explicou as responsabilidades de todos os presentes. Quando tudo foi explicitado, continuou o ritual e no fim, Consagrou Vítor. No momento da entrega a Cristo, ouviu-se um ribombo no céu e todos ficaram admirados. O que seria da vida daquele intrigante menino?

A dúvida permaneceria na mente de todos até o mesmo crescer. Enquanto isso, ele aprenderia com os mais próximos e com a vida cada detalhe do mundo. Após adulto, decidiria seu próprio destino, através de suas respectivas escolhas. Porque o ser humano é isso, é livre para amar, odiar, construir ou destruir. Somos nós os principais responsáveis pelo nosso próprio destino. Continue acompanhando, leitor.

1.4-Os primeiros brinquedos

Dois meses se passaram desde o nascimento de Vítor e finalmente se aproxima o dia das crianças. Apesar da situação financeira delicada, Jilmar combinou com sua esposa um passeio no parque infantil da cidade, nesta data tão importante. No dia e horário combinados, os dois se deslocaram, montados num cavalo e levando o bebê. Ultrapassando barreiras naturais como a poeira, a estrada deficitária e o sol eles chegam na sede após uma hora de muita luta.

Da entrada da cidade até o parque são mais vinte minutos de viagem. No caminho, encontram conhecidos e parentes, os cumprimentam e desejam feliz dia das crianças. Eles retribuem e desejam sorte e sucesso. Continuam a viagem, encontram um boteco e resolvem parar com o intuito de descansar. Tomada a decisão, desmontam, prendem a corda do animal num arbusto de modo que o mesmo paste um pouco e se dirigem ao estabelecimento. Com mais alguns passos, eles chegam, sentam à mesa, são atendidos e pedem um suco e um lanche rápido. Enquanto esperam o alimento, namoram, e puxam conversa um com o outro.

— E, nessa altura, mulher, Vítor e você estão bem? Parecem um pouco rosados demais. (Jilmar)

— Estamos um pouco exaustos e acalorados. Não é fácil viajar com o sol batendo de frente, mas sobrevivemos. Tudo vale a pena quando estamos prestes a viver momentos felizes e intensos em família. (Filomena)

— Esta época não perdoa, mas concordo que vale a pena. Apesar de tudo estar contra, somos felizes e formamos uma família de verdade. Não vejo a hora de ver este moleque correndo pelo barro de nossa casa, nos abraçando e chamado de pais. (Jilmar)

— Calma, velho. Isto ainda demora um pouco de tempo. Por enquanto, devemos nos preparar para oferecer as mínimas condições para que ele se desenvolva. É a nossa missão a partir de agora. (Filomena)

— Sim, claro. Em breve prepararei o terreno do roçado do próximo ano. Espero que chova. Enquanto isso, continuarei trabalhando alugado, para alguns vizinhos de terra nossos. Garantidamente passaremos e com dignidade. (Jilmar)

— Que bom que está disposto. Não me arrependi de ter casado com você, pois sempre se mostrou um guerreiro nesta vida sem oportunidades. Obrigada por também ter me escolhido como mulher. (Filomena)

— Eu também te amo. (Jilmar)

Agora, os dois se abraçam e se beijam docemente. Os presentes aplaudem o gesto e isto os faz corar. Eles ficam em silêncio um pouco, o lanche e o suco chegam, começam a se alimentar planejando discretamente o resto do dia. Quando terminam de se alimentar, chamam o atendente, pagam a conta, saem do local, sobem novamente no cavalo e continuam o trajeto. Agora só parariam ao chegar no destino certo.

Retornando ao trajeto, apressam o trote. Alguns minutos depois de intensos solavancos pelas ruas da pequena cidade de Pesqueira, passando pelo bairro da pitanga, centro e prado finalmente eles chegam. Na entrada do parque, desmontam do cavalo, o prendem a uma árvore próxima, pagam os bilhetes de entrada, e entram. Começam a percorrer todos os locais, aproveitando ao máximo os brinquedos. Quando chegam em frente a uma barraca, se interessam, apreciam o artesanato local e, gesto de carinho, com o restante do pouco dinheiro que tinha,

Jilmar compra um presente para esposa, um vestido da época e para o filho, compra um chocalho (Maraca) para o mesmo se distrair. Em agradecimento, Filomena o abraça e o beija. Continuam a aproveitar os brinquedos, passeiam por vários lugares no parque, o tempo passa e já tarde, decidem voltar para a casa. Rapidamente, se dirigem a saída, montam no cavalo novamente e começa a fazer o caminho de volta. Demorariam cerca do mesmo tempo da ida, no retorno, mas valera mesmo a pena. Viveram momentos especiais, num dia tão importante, o dia das crianças e com seu primeiro bebê.

1.5-A doença e a primeira palavra

Depois do passeio no parque, a família formada por Filomena, Jilmar e Vítor voltaram a sua rotina normal. Jilmar, continuou preparando o terreno de modo a plantar esperando o tempo do inverno e consequentemente sol e chuva suficientes; Filomena, com seu trabalho de dona de casa, rendeira e de mãe; E Vítor, mesmo inconsciente, descobrindo um mundo novo, diverso, complicado, mas, em simultâneo, belo. Assim o tempo foi se passando.

Exatos seis meses depois do seu nascimento, Vítor teve uma pequena virose. Os pais, preocupados, o levaram imediatamente ao hospital municipal da sede do seu município de Cimbres, Pesqueira. A viagem a cavalo demorou trinta minutos e ao chegarem no destino, entraram numa sala e ainda esperaram mais uma hora. Depois disso, o menino foi finalmente medicado sendo encaminhado a uma sala, ficando em observação. Foi permitido a um dos pais ficar com ele. Escolheram Filomena por ser a mãe e ter mais intimidade com ele. Em dado momento, as enfermeiras entraram e sugeriram que Filomena saísse um pouco, descansasse e se alimentasse. A mesma aceitou a sugestão, mas no momento que ia se retirar, Vítor se agitou muito, chorou, esperneou, e num esforço sobre-humano para sua idade, gritou a sua primeira palavra:

— Mamãe!

A cena emocionou a todos, principalmente Filomena por ter a graça de escutar seu nome pronunciado por seu bebê que se achava doente. Num ímpeto, o beijou, o abraçou e prometeu ficar sempre ao seu lado, nos momentos bons e ruins. Com estas palavras, o menino se acalmou, relaxou e finalmente dormiu. Então Filomena aproveitou e saiu um pouco, se alimentou, falou com o marido e retornou à sala de observação antes que o mesmo acordasse. Passou o restante da noite com ele. No outro dia, quando amanheceu, foi dado alta médica e só assim foi possível voltar para a casa. Com isso, continuariam na sua vida simples de sempre, mas felizes.

1.6-Finalmente, em pé

O tempo passou um pouco. Chegou o inverno, choveu bastante e a família Torres, na pessoa de Jilmar, colocou seu roçado, plantando os principais produtos da alimentação básica como feijão, milho, batata-doce, mandioca, macaxeira, melancia, jerimum, xinxim, melão, entre outros. Com três meses depois, o milho e o feijão já estavam em condições de serem colhidos. Com o lucro, teriam suas necessidades básicas satisfeitas por pelo menos um ano. Em relação ao menino, crescia a olhos vistos, começou a engatinhar e diariamente o seu pai se ocupava em levá-lo de um lado para outro tentando o ensinar a andar. Já fizera duas tentativas, mas às duas resultaram em fracasso, o menino levara dois tombos e depois disso, o mesmo ficou com mais cuidado e só tentaria mais uma vez quando o menino estivesse pronto.

Exato um ano após seu nascimento, Vítor já andava segurando nas paredes, e quando ficou um pouco mais firme o pai ficou em sua frente e o chamou. Mesmo incrédulo, o menino arriscou: deu um passo, dois, e quando menos esperava, andou com firmeza, se aproximou e abraçou o pai, chamou o seu nome. Era o primeiro feito de muitos daquele menino pobre, mas abençoado de Deus e repleto de dons. O futuro agora estava em suas mãos. Será que se realizaria mesmo num tempo tão cheio de misérias, injustiças, e tão atrasado culturalmente? Continue acompanhando, leitor.

1.7-Visita de parentes

O acontecimento que ocasionou os primeiros passos de Vítor em pé e sozinho ocorrera pela manhã. Após comemorado o fato, Jilmar foi cuidar de seus afazeres na roça e Filomena começou a cumprir suas obrigações também que era limpar a casa, preparar o almoço e ainda ficar de olho em Vítor. Com o esforço dos dois e com a sorte ajudando, tudo estava bem.

Algum tempo se passa, já se aproximava do meio-dia, Jilmar volta para casa e encontra tudo em ordem. Como estava esfomeado, vai direto a pequena cozinha, cumprimenta a mulher e o filho, senta à mesa, gentilmente é servido pela esposa e começa a saborear o tempero sempre atraente dela, composto por: feijão, farinha, carne de sol complementado por frutas típicas agrestes. Tudo muito simples, mas de muito bom gosto.

Em dado momento, Jilmar, puxa conversa com sua amada.

— E, nessa altura, mulher, conte-me as novidades. Que mais peripécias nosso pupilo aprendeu hoje?

— O de sempre. Como qualquer menino de sua idade, mexeu em tudo que estava ao seu alcance e, eu, de modo a evitar um desastre maior lhe dei algumas palmadas. Por sorte, foi o suficiente para ele se acalmar. (Filomena)

— Tenha mais paciência mulher. Ele é ainda um bebê. Claro, que se for necessário, lhe aplicaremos um corretivo. Mas ainda é cedo. (Jilmar)

— Falar é fácil. Não é você que tem que ficar de um lado para outro correndo atrás dele evitando algo pior. Paciência tem limite e ainda tenho que cuidar das minhas obrigações. (Filomena)

— Entendo. Deixo em suas mãos a tarefa de educá-lo. Só não exagere. Ultimamente tenho estado muito ocupado mesmo, trabalhando em prol de todos. Ossos do ofício. (Jilmar)

— Sei e não te critico por isso. Alguém tem que colocar comida em casa. Ao contrário, agradeço a dedicação despendida em prol dessa família, e por me fazer tão feliz. (Filomena)

Lágrimas escorrem pelo rosto de Filomena e a emoção domina o momento. Jilmar faz uma pausa na comida, se aproxima, a abraça e a beija. Num impulso, Vítor também se aproxima e o abraço se torna triplo. Ali estava uma família de batalhadores que estavam dispostos a enfrentar qualquer categoria de desafio e se realizar apesar de todas as dificuldades impostas pela época. Quando o abraço termina, eles se separam um pouco e Jilmar continua a fazer sua refeição. Ao término do almoço, Vítor sente sono, Filomena o coloca para dormir e o casal aproveitar para descansar e namorar um pouco. Pouco depois, a tarde se inicia.

Por volta das quinze horas, alguém bate à porta, eles se levantam da cama, e vão atender. Ao abrir a porta, têm uma grata surpresa: tratava-se dos primos mais próximos de Filomena, Angélica e Bartolomeu que sem cerimônia se convidaram a entrar. Depois dos cumprimentos iniciais, eles sentam nos tamboretes disponíveis e começam uma boa conversa, explicam o motivo da visita (Aniversário de um ano de Vítor), e por fim entregam os presentes. O casal agradece, Vítor acorda com a movimentação, aparece na sala, e recebe o carinho dos presentes. Como boa anfitriã, Filomena vai preparar um lanche para os visitantes com o intuito de agradecer tanta amabilidade. Quinze minutos depois, volta com tudo pronto. As visitas se servem e a conversa continua sobre todas as novidades da região. Após o lanche, eles voltam a sala e a conversa continua, cada um falando um pouco de sua vida. Em dado momento, Jilmar se despede de modo a cuidar de alguns afazeres. Angélica e Bartolomeu continuam com Filomena. Quando entardece, os mesmos se despedem, dão um abraço no jovem Vítor e enfim vão embora. Prometem voltar noutro dia. Jilmar retorna a casa, espera o jantar fica pronto, se alimenta, o lampião é aceso, e duas horas depois vão todos dormir por falta de opção de entretenimento e lazer. Continuariam nos outros dias sua rotina de luta e de superação.

1.8-O período de dois anos

A cada dia que se passava, Vítor crescia em estatura e sabedoria acompanhado de perto por seus pais. Este período era crítico e fundamental na fixação de valores para qualquer indivíduo e por isto, Filomena e Jilmar, se esforçavam para dar uma boa base de educação para o mesmo. A cada deslize seu, o mesmo era corrigido e mesmo sem ainda ter consciência exata do que estava se passando o mesmo absorvia os conhecimentos. Passou-se dois anos, e o mesmo foi matriculado na escola.

O momento atual da família Torres era de estabilidade. Continuavam vivendo da agricultura no seu pequeno sítio e os lucros do roçado eram suficientes para sustentá-los do básico. Além do roçado, Jilmar ganhava alguns trocados trabalhando alugado para vizinhos de terra e Filomena, fazia artesanato de renda e criava alguns animais como galinhas, patos, perus e ovelhas que ajudavam no sustento. Não eram ricos, mas também não passavam fome como outrora. Continuavam felizes, o que era o mais importante.

Num certo dia, uma boa notícia: Filomena se achava grávida do seu segundo filho. Apesar de isto significar uma maior despesa, o fato foi comemorado como nunca. Seria mesmo bom uma companhia para Vítor, o distrairia nas brincadeiras, nas peripécias e o ajudaria a crescer ainda mais. Fortaleceria ainda mais a identidade duma família tão batalhadora e sofrida. A família Torres.

1.9-O primeiro dia na escola

Fevereiro se inicia e com ele o período escolar. No dia marcado para o início, Filomena tratou de arrumar o filho Vítor da melhor maneira possível e quando o mesmo ficou pronto, os dois partem juntos para a casa de Genoveva, onde funcionava improvisadamente o grupo escolar. A residência localizava-se à margem da estrada de terra principal, a que ia em direção à sede do município. Da casa de Filomena para dela eram cerca de quarenta minutos de pé e os mesmos tinham que fazer este trajeto diariamente. Porém, valeria a pena o conhecimento e a cultura assimilada.

Munidos do pensamento anterior, os dois caminham pela vereda batida e em determinado momento, alcançam a estrada principal. Sem obstáculos, os dois apressam os passos, encontram outras crianças e adultos que partiam também em direção a escola e resolvem caminhar juntos. De modo a se distrair, os adultos conversam um pouco e repassam instruções aos seus filhos que parecem entender apesar da pouca idade.

A caminhada continua. Logo adiante, as crianças pequenas se sentem cansadas e os pais são obrigados a carregá-las. Mas não por muito tempo. Dez minutos depois, já se aproximam da escola rural do sítio Fundão (de Dona Genoveva Garcia) e com mais alguns passos chegam de frente a ela. A mesma faz a chamada dos matriculados, todos respondem, e são encaminhados a uma pequena sala com algumas carteiras. No total, dezesseis (o número de alunos do estudo primário daquele ano). Os pais ficam de fora.

Como eram quatro séries com quatro alunos cada, ela tinha que preparar uma aula diferente para cada grupo destes e começou pela turma de Vítor que representava a primeira série, ainda não alfabetizada. Pegou quatro penas e quatro tinteiros e à medida que o ensinando a manusear estes instrumentos de escrita, mostrava as letras do alfabeto. Como era apenas o primeiro dia, nenhuma exigência foi feita aos discentes a não ser que prestassem atenção o que era bastante difícil por tratar-se de crianças pequenas e que nunca estiveram distantes dos pais. Mas tudo isto era considerado apesar da rigidez da professora. Os quarenta minutos previstos de aula passaram rapidamente sem maiores complicações. Em sequência, iniciou-se a aula de outra série, mas os da primeira tinham que assistir também. E assim sucessivamente.

Tudo ia muito bem na aula até que um aluno da quarta série errou uma pergunta básica e Genoveva, usando da autoridade que os professores tinham na época, o exemplou usando a palmatória. Isto foi o suficiente para assustar os pequenos, inclusive Vítor, que começaram a chamar pelos pais insistentemente. De modo a controlar a situação, Genoveva Garcia deu por terminada a aula expositiva e levou todos os alunos para a natureza, uma mata perto de sua casa, ensinou sobre a fauna e flora, os levou para o roçado que ficava bem próximo da sua casa e colocou os meninos na lida com os animais. Era assim que resolvia os problemas. Quando chegou a hora, voltaram à sala, os despediu, as crianças pequenas foram entregues aos pais que ainda esperavam fora e todos voltaram para a casa. Era assim que funcionava uma escola do sítio daquela época e Vítor teria que cursá-la diariamente.

1.10-A primeira surra

O tempo adiantou-se um pouco. Na família Torres, tudo transcorria na rotina normal de sempre: O trabalho de Jilmar na agricultura e de Filomena em casa, a ida de Vítor a escola, as brincadeiras, as travessuras, e o seu crescimento a olhos vistos. Tudo levava a crer que ficaria tudo bem sempre, mas nunca se sabe o que poderia acontecer.

Começa uma fase difícil na vida do pequeno Vítor, os seus dons especiais começam a aflorar, o que preocupa bastante os seus pais. O levam a uma recadeira e a um sábio. Na ocasião, são orientados a não se preocupar, pois, isso era absolutamente normal e que com um tempo ele aprenderia a controlar este poder e usá-lo a seu favor. Era um presente do destino e não uma maldição como eles pensavam.

A cada novo dia, Vítor aprendia um pouco mais sobre o outro mundo: tinha amigos invisíveis, falava com anjos e mensageiros, recebia mensagens sobre o seu futuro e dum seu posterior descendente. Tudo era muito novo para ele e, seguindo os conselhos dos seus pais, não contava seus segredos a ninguém. Apesar de isto ser absolutamente normal na linhagem espiritual de sua família, uma linhagem de videntes.

O problema era sua inexperiência e muitas vezes não sabia distinguir as boas companhias das más. Certo dia, orientado por uma voz interior, foi sugerido que o mesmo jogasse a comida fora, pois ela estaria contaminada por más fluidos. Inocente, o mesmo deixou se levar e praticou o ato num descuido da sua mãe. Questionado pela mãe, o mesmo disse que foi para o bem de todos.

Instigada pela raiva e pelo desgosto, pois aquela era a única comida disponível do dia, Filomena pegou a cinta e lhe deu algumas chibatadas, poucas, mas firmes. Ele chorou, esperneou, blasfemou, mas reconheceu merecer apesar de sua pouca idade. O ato foi suficiente para que o mesmo tivesse que tomar um banho com sal diluído na água de modo a aliviar suas dores. Ajudado por sua mãe, um pouco que arrependida, o mesmo foi levado para a cama para que descansasse. Isto foi uma lição dolorosa e ele certamente não cometeria o mesmo erro duas vezes.

1.11-O nascimento do segundo filho

Nove meses se passaram. Como da outra vez, as dores do parto de Filomena começaram repentinamente e por sorte era hora do almoço e seu marido se encontrava em casa. Angustiado, ele saiu da casa, montou no cavalo e foi procurar a parteira. Trinta minutos depois, ele volta com a mesma parteira que ajudou a dar à luz a Vítor que se chamava Graça, ainda em tempo. Filomena foi levada para seu quarto e a parteira auxiliada por Jilmar, trouxeram a vida o segundo filho do casal ainda sem nome. Colocaram o bebê no cesto, deixaram a mãe descansando, saíram do quarto, Jilmar pagou a parteira, agradeceu, ela se despediu e finalmente foi embora.

Uma hora depois, Jilmar chama Vítor que todo o tempo estava brincando do lado de fora e juntos entram no quarto onde se achavam o bebê e a matriarca da família. Ao entrarem, presenciam uma cena maravilhosa: Filomena, com o bebê no colo, o beijando e o abençoando. Eles se aproximam, se emocionam também, e juntos fazem um abraço quádruplo. Este momento dura o bastante para que eles sintam o grande amor que os une. A família Torres era mesmo especial.

Quando o abraço termina, eles sentam na cama, ao lado dela e iniciam uma conversação.

— E aí, mulher, já sabe como irá se chamar? (Jilmar)

— Decidi agora há pouco. Chamar-se-á Rafael, como o anjo que sempre nos protege. (Filomena)

— Rafael. Quem é esse? (Soletra Vítor)

— É seu irmão. (Filomena)

— E o que é irmão? (Vítor)

— Irmão é filho do mesmo pai e da mesma mãe. (Explica com paciência Jilmar)

— Ah! Sim. (Vítor)

O serelepe Vítor dá um beijo em Rafael e sai do quarto de modo a brincar novamente lá fora com seu cavalo imaginário. Enquanto isto, Jilmar e Filomena continuam trocando ideias.

— Tenho medo que com a chegada de Rafael, Vítor sinta ciúme e tente fazer alguma besteira. Você sabe como ele é temperamental. (Filomena)

— Não se preocupe. Ele é apenas uma criança e de boa índole. Soubemos criá-lo. É só prestar atenção um pouco. (Garantiu Jilmar)

— Tem razão. Nosso filho é especial, tem um dom, e devemos estar sempre ao seu lado com o objetivo de orientar. Tomara que este siga seus passos. (Filomena)

— É só seguirmos a mesma fórmula de criação que não tem erro: ensinar os preceitos, os valores do bem, corrigindo as falhas, dando exemplos, estimulá-lo a ajudar sempre o próximo. Falando em filhos, quando vamos ter o próximo? (Jilmar)

— Nem pensar. Apesar de adorar crianças, só quero ter dois. Dá muito trabalho e nem tente me convencer do contrário. (Afirmou Filomena)

— Está bem. Evitaremos ao máximo ter novos filhos. Não concordo, mas aceito sua decisão. (Jilmar)

— Obrigado pela compreensão, amor. (Filomena)

Filomena coloca o recém-nascido Rafael no cesto, dá um beijo e um abraço no marido. A partir de agora, a missão dos dois era dupla: dois seres dependiam deles para crescer, se formarem homens e vencer na vida, apesar de todas as dificuldades da época. Além disso, teriam que alimentar sempre a relação de amor e carinho para que colhessem a completa felicidade.

Depois do beijo e do abraço, se estimulam, fecham a porta do quarto, e aproveitam o tempo livre para namorar e fazer sexo, algo que fazia tempo que não realizavam. Depois do ato consumado, cochilam e descansam mais um pouco. Após, Jilmar se levanta e vai cuidar da casa, do jantar e do menino serelepe que tinha. Ficaria uns quinze dias neste ritmo (até a esposa se recuperar e ter condições), pois não tinha ninguém próximo que os ajudasse.

O tempo passa e a tarde se esvai. Vítor entra em casa, o jantar fica pronto, os homens da casa se alimentam, levam a comida para Filomena, apreciam novamente a beleza de Rafael, acendem o lampião, planejam e quando se sentem cansados, resolvem dormir. Os próximos momentos seriam importantes na vida de todos que integravam a família.

1.12-Mais três anos se passam

O tempo avança. A família Torres se encontra no mesmo estágio financeiro de sempre: vive apenas da agricultura familiar, o que lhe dá quando o ano é bom de chuvas apenas o suficiente para sobreviver. Era a única opção de sobrevivência para todos que viviam naquela região, exceto os fazendeiros que tinham mais opções de renda. Nos outros itens, algumas mudanças: Vítor e Rafael cresceram como nunca e diferentemente dos temores dos pais eram muito amigos, se davam muito bem. Faziam tudo juntos: brincavam, iam para escola (Um estava na primeira e outro na quarta série), arranjavam amigos, exceto algumas vezes quando ocorriam pequenos desentendimentos, mas que logo se resolviam; os parentes se mostravam presentes algumas vezes, geralmente em acontecimentos importantes; os conhecidos e os poucos vizinhos só eram vistos em acontecimentos sociais ou passeios de fim de semana, mas nos momentos de apuro o casal só podia contar consigo mesmo; as elites continuavam ditando o rumo de todos, marca do coronelismo da época no nordeste; e os cangaceiros, conhecidos como bandidos, eram vistos por alguns como heróis, pois representavam a luta dum povo sofrido e injustiçado.

Mesmo com tudo isto ocorrendo, a família continuava caminhando em paz. Jilmar, como chefe dela, faria de tudo para que seus filhos e a mulher tivessem a segurança necessária para progredir e vencer, algo que não possível em sua época, há alguns anos. Até o momento, estava cumprindo o seu papel muito bem. Porém, só ficaria satisfeito quando estivessem homens e casados, para só então descansar. Será que conseguiria? Continue acompanhando, leitor.

1.13-Algumas experiências interessantes na vida dos dois irmãos

1.13.1-O caso da sereia

O tempo avança um pouco mais uma vez. No momento, Vítor tem oito anos e seu irmão Rafael, cinco. Eles continuam amigos como outrora e juntos realizam diversas atividades. Entre elas, ajudavam na roça apesar de pequenos; adoravam pescar, brincar com seus amigos e ir tomar banho no rio, etc.

Em certo dia, os dois brincaram em frente à sua casa, quando Vítor teve uma ideia genial e resolveu repassar ao seu pequeno irmão.

— Rafael, meu irmão, lembrei de algo impressionante agora e quero lhe mostrar.

— O que é? Se for igual aquela história do peixe falante, pode desistir. Eu não acredito mais em lorotas.

— Não, dessa vez garanto absolutamente que é verdade. Venha, você não vai se arrepender.

Dito isto, Vítor pega seu irmão Rafael pelo braço e juntos correm desesperadamente na direção centro-leste do sítio. Filomena, que estava próxima, os aconselha a ter cuidado, mas os mesmos já estavam longe e não ouvem suas advertências. No caminho, eles embrenham-se na mata, desviam-se da trilha dobrando a direita, e tem acesso a um pomar. Eles gritam, sacodem a poeira, sobem em diversas árvores, penduram-se nos galhos como se fossem macacos e saboreiam os seus diversos frutos. Ficam um bom tempo curtindo estes momentos felizes.

Ansioso e cansado de tanta euforia, Rafael pergunta quando iriam para o rio e Vítor responde que imediatamente, pois poderiam encontrar figuras indesejáveis e lendárias da mata agreste como o Saci-Pererê, o lobisomem, a mula-sem-cabeça, as caboclinhas ou o curupira entre outros e que o mesmo com seus dons sensoriais não seriam possíveis salvar-se. Incrédulo, Rafael pergunta se eles existem mesmo e como resposta ouve um tudo é possível. Sem mais perguntas e convictos do que queriam, descem pé ante pé, da grande goiabeira em que estavam pendurados e ao chegar no chão, voltam a direção inicial em busca do destino: O rio fundão.

Auxiliados pelas suas experiências e agilidades, os dois meninos avançam rapidamente na vereda apesar de todos os entraves naturais dela como pedras, espinhos e o chão duro e seco. Vez ou outra, descansam. O que era tão interessante a ponto de Vítor querer compartilhar com o seu amado e amigo irmãozinho? Talvez fosse algo que acrescentasse algo significativo em sua vida, que o distraísse ou até mesmo uma grande brincadeira. Afinal, eram apenas crianças e não tinham nada que se preocupar ou levar a sério, diferentemente dos adultos. Estamos perto de descobrir. Vamos juntos, leitores.

Ultrapassando todos os obstáculos, os irmãos Torres enfim chegam ao pequeno e misterioso rio da localidade após trinta minutos exaustivos de caminhada. Ao chegar, Rafael não se conteve e indagou:

— Onde está aquilo que você queria me mostrar?

— Daqui a pouco aparecerá. Trata-se duma história que nosso pai me contou e que é a seguinte: neste rio, habita uma espécie de criatura mágica (Metade mulher e metade peixe) que usa seu canto com o intuito de atrair os homens, especialmente os pescadores. Quem ouve seu canto nunca mais retorna para casa?

— Mas a sereia só existe no mar, seu bobo.

— Evidente que sim. Porém, nosso pai disse que essa é um do tipo que só existe em rios.

— E se ela usar seu poder para nos atrair?

— Não há perigo. O canto dela só funciona com adultos. Além disso, os anjos que protegem as crianças sempre estão ao seu lado, os protegendo. Veja: O meu e o seu está sorrindo agora e nos abençoando.

Rafael olha para todos os lados, mas como não tinha dons extra-sensoriais nada pode ver. Se assusta um pouco e depois se acalma. Retoma a conversação.

— Quando o bicho aparecer, o que você vai fazer?

— Vou observá-la rapidamente, gritar e correr.

— Eu também.

O tempo passa mais um pouco, Vítor e Rafael esperaram, esperaram... No entanto, mesmo depois de duas horas nada aconteceu de anormal. Não ouviram nenhum movimento na água a não ser das piabas (Pequenos peixes), não se ouviu nenhum barulho e nenhuma figura foi visualizada pelos dois.

Cansado de esperar, Rafael indaga o irmão:

— Onde está sua famosa sereia?

— Vai ver ela viajou.

— Sei o que aconteceu: nosso pai é o maior mentiroso do mundo e eu o maior bobo por acreditar em histórias de sereias de rio. Já vou indo!

— Espere, eu também vou.

Este é o caso da sereia que não passara duma má interpretação de Vítor que era muito apegado a crendices. Ou talvez fosse verdade e que eles não tiveram a sorte de encontrá-la no dia. Vai saber. Por hora, eles desistem da ideia de encontrá-la e fazem o caminho de volta para casa. Demoram cerca do mesmo tempo da ida, reencontram sua mãe e a mesma prepara um lanche de modo que eles recuperem as energias gastas. O pai ainda não chegara da roça. Este foi um dia interessante de trocas de ideias entre os dois irmãos.

1.13.2-O tesouro escondido

Numa bela ensolarada tarde de quinta-feira do mês de agosto de 1909, Vítor e seu irmão Rafael brincavam como sempre, no quintal da casa. Em dado momento, enjoam duma brincadeira e começam a discutir sobre a próxima diversão.

— O que você sugere, Vítor, em relação à brincadeira? (Rafael)

— Deixe-me ver........ Estou pensando.................(Vítor).

— Que tal aquela...? (Rafael)

— Não, pois é muita chata. (Vítor)

— Tem razão. Tem que ser algo interessante e diferente. Além de ser motivador. (Rafael)

— Ah, já sei! Acabo de me lembrar duma velha história que me contaram. Trata-se da história dum pirata e seu tesouro que se sabe está escondido aqui no sítio, em suas proximidades. No entanto, apesar de todos os esforços empreendidos nunca conseguiram localizá-lo. Que tal se brincássemos de caça ao tesouro? Mesmo que seja apenas uma estória, nos distraímos um pouco.

— Está bem, mas poderia me contar em detalhes essa história antes que começássemos?

— Sim. Lá vai: conta a lenda, que no século XVII, um velho corsário francês naufragara no litoral pernambucano e fora resgatado por indígenas que lhe proporcionaram abrigo e alimentação. Com o passar do tempo, ele foi ganhando a confiança deles, aprendeu sua língua, fez amizades e terminou por se juntar com uma bela índia da tribo. Também teve acesso a cerimoniais e certo dia descobriu que os enfeites que eram utilizados eram feitos de ouro puro. O fato fez crescer sua ambição e a partir daí começou a se esforçar em descobrir a origem das pedras preciosas. Depois que conseguisse, certamente fugiria para longe e viveria uma vida livre de privações. Com sua experiência, ludibriou a mulher, soube o local exato e então começou a planejar o roubo e a fuga. Como a festa de adoração dos espíritos da floresta estava marcada para três dias depois, decidiu ser o dia apropriado. E assim fez. À noite, quantos todos já dormiam exaustos, ele saiu de sua cabana com seu baú, entrou na mata fechada e como conhecia bem a região, trinta minutos depois chegou ao local exato, uma gruta. Entrou sem demora, e seguindo os dados que a esposa repassara, encontrou a mina. Juntou então a maior quantidade possível de ouro possível, encheu o seu baú, saiu da gruta e empreendeu uma viagem rumo ao interior da província, sem se importar com sua esposa, o carinho e a hospitalidade dos demais membros da tribo. Caminhando e descansando, atravessou os municípios da zona-da-mata e grande parte do agreste até chegar exatamente aqui, local em que nasci (Duzentos e oitenta e cinco anos depois). Agora, ele estava extremamente cansado e por isto em dado instante parou a sombra de um coqueiro no intuito de descansar. Relaxou, encostou-se no tronco e começou a cochilar. Do alto do coqueiro, algo estalou, mas isto não foi o suficiente para acordá-lo. Pior para ele, pois em poucos minutos, uma cobra desceu da árvore, começou a passear sobre seu corpo e com o movimento dela o mesmo finalmente acordou. Assustado, tentou agarrar a cobra, errou o bote e o ofídio defendeu-se na forma de uma mordida. Era o seu fim, pois não tinha nada que o pudesse salvar do veneno. Irado, matou o animal e rapidamente pensou numa forma de esconder sua fortuna, pois se não ia aproveitá-lo também ninguém o faria. Assim o fez. Reunindo suas últimas forças e já moribundo, encontrou o local apropriado, cavou um buraco e enterrou seu tesouro. Cumprida a missão, expirou. No entanto, sua alma ficou presa ali, pois como diz a frase: "Ficarás onde fica seu tesouro".

—Muito interessante. Gostei. Vamos então abrir a caça ao tesouro!

—Boa! Vamos começar imediatamente.

—Por onde começamos?

—Vamos procurar alguns sinais em pontos estratégicos do sítio.

—Se você fosse um pirata, onde esconderia seu tesouro?

—Eu teria duas alternativas: Escondê-lo em um local praticamente inacessível e tenebroso ou guardá-lo num local de fácil acesso e localização, tão fácil que ninguém imaginaria que estivesse enterrado lá.

—Brilhante. O que você sugere?

—Acho que a primeira opção é mais provável. No sítio, há muitos esconderijos. Talvez num deles, é possível que encontremos alguma pista que nos leve a alcançar o nosso objetivo.

—Certo. Que tal se começássemos pelos arredores do sítio?

—Aprovado. Vamos!

Os dois, munidos de pá e enxadas, iniciaram as buscas, atravessando caminhos tortuosos, em todo as redondezas do sítio. Porém, apesar dos seus esforços e do passar do tempo, nada encontraram de importante. Em dado momento, estavam a ponto de desistir. Foi quando Vítor teve uma brilhante ideia:

—Eu já sei. Desvendei o enigma!

—Desvendou o quê? Do que está falando?

—Raciocine. Conforme os antigos, esta faixa foi aberta há séculos. Logo, foi por aqui que o corsário passou.

—Lógico. Que outras conclusões você tirou?

—Falam também que estava à beira da morte. Portanto, qual seria o local mais apropriado para um moribundo avarento esconder o que tinha de mais importante? Certamente, o primeiro local que tivesse condições de abrigar semelhante fortuna.

—Magnífico! Gênio! Pelo que entendi, agora é só seguirmos em frente, do início da vereda até o ponto certo.

—Obrigado. Minha intuição ajudou. Continuemos.

Superexcitados, Vítor e Rafael retomaram o caminho, observando atentamente ao derredor a fim de encontrar o lugar exato do tesouro e que jazia a alma atormentada do corsário. Terminaram por encontrar uma pequena gruta, e decidiram começar as buscas por ali.

Mesmo com medo do escuro, dos animais venenosos, e das almas, os dois entraram na mesma, avançaram nas galerias, e num dado instante, toparam em alguma coisa, o que os fez parar. Mesmo com a pouca luminosidade, descobriram uma caveira e com o susto, saíram imediatamente da caverna que localizava-se no centro-norte do sítio. Já fora, começaram a dialogar:

—Precisamos voltar e continuar procurando o baú. Acredito que estamos perto. (Vítor)

—Tem razão. Aquela caveira deve pertencer ao corsário. (Rafael)

—Brilhante dedução, Rafael. Se for mesmo verdade, então o baú deve estar enterrado logo abaixo de sua carcaça pois ele estava fraco e debilitado.

— Talvez......... Vamos reunir nossa coragem, voltar a galeria e escavar um buraco no local, o mais depressa possível.

—Desafio aceito. Vamos!

Tomada a decisão, rapidamente, os dois entram na galeria da gruta, e um tempo depois chegam ao mesmo ponto em que estavam. Com os instrumentos que carregavam e auxiliados pelos seus pequenos braços, começaram a retirar à terra do local. Após um certo período, bateram numa superfície dura o que provocou gritos de ambos:

—Nossa! É o ouro!

Avidamente, retiraram mais terra, e pouco depois retiraram um baú do buraco retumbantes de satisfação. Carregaram o mesmo para fora e ao abri-lo, visualizaram inúmeras pedras de ouro. No entanto, Vítor, com sua ingenuidade e pouca experiência, ficou triste e fechou o baú. Esclareceu ao pequeno irmão:

-—Isto não é ouro de verdade. É ouro dos tolos—Afirmou.

—Tem certeza? Tivemos tanto trabalho. (Rafael)

—Tenho. Acredito que o ouro verdadeiro brilha muito mais do que esse pois tive a oportunidade de ver uma peça no pescoço de uma fazendeira da cidade.

—Que pena! Tinha tanta esperança de mudar de vida.

—Não se preocupe. Valemos pelas nossas obras e ética e não pelo vil metal. Mesmo sem ele, seremos felizes.

—Tem razão.

Cabisbaixos e decepcionados, voltaram a enterrar o baú no mesmo local. Saíram da gruta, fizeram o caminho de volta e finalmente foram para casa. Continuariam sua vida normal, em meios a dificuldades e provações, mas junto com seus pais permaneceriam uma família unida especial. A família Torres.

1.13.3-Uma brincadeira diferente

Era o ano de 1909, mês de setembro e a família Torres continuava com sua saga no agreste pernambucano, especificamente no sítio Fundão, zona rural do município de Cimbres (Atual Pesqueira). Jilmar como chefe, cuidava no trabalho na roça no tempo de colheita e na entressafra fazia bicos em outros terrenos. Agricultura era a única coisa que sabia fazer pois não tivera a oportunidade de ter nenhuma instrução. O mesmo caso de sua esposa Filomena que por ser mulher trabalhava como dona de casa e rendeira. Ambos eram muito pobres quando casaram e permaneciam humildes e felizes. Os filhos do casal, Vítor de nove anos e Rafael de seis continuavam sendo um exemplo de companheirismo e amizade apesar de ás vezes ocorrerem desentendimentos entre os dois. Mas isto era absolutamente normal em qualquer relacionamento.

Certo dia, em frente de casa, os dois brincaram de esconde-esconde e garoto-mascarado. No entanto, depois das três brincadeiras, cansaram um pouco. Resolveram parar. Deitaram na grama (Um ao lado do outro) e cochilaram. Ao despertarem, Rafael voltou a ficar agitado e puxou conversa com seu irmão Vítor.

—Que tal se inventássemos uma brincadeira diferente?

—Legal. Tem alguma sugestão?

—Tenho. Que tal se pendurássemos numa árvore, de cabeça para baixo, a fim de verificar quem aguentava mais tempo?

—É uma boa ideia. Mas acho muito perigosa. Faremos quando você ficar um pouco maior. Eu pensei em algo: Não seria melhor brincarmos de roda, inventando personagens durante o trajeto?

—Eu não concordo. Sou pequeno e não tenho muita imaginação. Eu passaria por bobo e no final, você riria de mim.

— Está bem. Deixe-me pensar melhor então!.......................... Já sei! Brincaremos de policial e bandido, algo que nunca fizemos.

—Como é essa brincadeira?

—Você é o bandido e eu o policial. Você corre, eu espero dez segundos e te persigo. Se eu te alcançar, lhe dou umas bofetadas. Aí depois, na segunda fase, nós invertemos os papéis e você pode dar o troco.

—Parece legal. Nunca fizemos mesmo. Podemos começar?

—Sim.

Rafael corre desesperado. Vítor conta mentalmente os segundos e quando chega ao de número dez também dispara. Pela sua maior idade e agilidade, alcança o irmão rapidamente, o agarra, chama-lhe de bandido, derruba no chão e lhe dá uns tabefes. Sem querer, alguns atingem Rafael com violência e o fazem chorar. Inconformado, Rafael levanta, dá as costas e grita para o universo inteiro ouvir:

— Eu não sou bandido. Sou apenas uma criança!

A atitude do irmão comove Vítor. Lágrimas insistentes correm pelo seu rosto, se aproxima do mesmo, o abraça, pede desculpas pela brutalidade e diz que ele é muito importante na sua vida apesar de tudo. A estratégia dá certo. Ele se recupera e ambos decidem parar para evitar um constrangimento maior. Voltam para casa, se alimentam, fazem outras atividades de lazer e no final do dia dormem tranquilos já pensando nas peripécias do dia seguinte. O destino estava se construindo dia após dia.

1.13.4-O acidente

Era noite de São João do ano de 1910. Como manda a tradição, a família Torres preparou a fogueira e todas as comidas típicas desta época do ano. Reuniram então toda a família, ofereceram almoço e jantar, colocaram as conversas em dia e por fim foram acender a fogueira, em frente à casa.

Durante um bom período, prestaram homenagens ao santo, comeram petiscos, fizeram promessas, conversaram um pouco mais e quando a fogueira terminou de queimar, a maioria dos presentes foi dormir. Ficaram só Vítor e Rafael, brincando ao redor da fogueira. Em dado momento, Vítor para, e puxa conversa com seu irmãozinho.

— Já fez seu pedido?

— Não. E você?

— Também não. Que tal se fizéssemos agora?

— Está bem. Vou pedir ao santo que nunca falte comida para a população do interior do Nordeste.

— Que pedido difícil. Mas mostra seu grande coração. Da minha parte, pedirei um maior controle sobre o meu dom, coragem para enfrentar as adversidades, ser feliz no meu futuro, prosperidade e saúde para a minha família toda. Devemos ratificar nosso pedido com uma grande ação.

— De que tipo?

— Para demonstrar nossa fé e confiança no santo, devemos desafiar as leis físicas como, por exemplo, passar sobre as brasas da fogueira. Porém, isto exige um pouco de concentração. Me acompanha?

— Se não tem perigo, vamos.

Rapidamente, Vítor passeou sobre a fogueira um pouco adormecida, em pulos, e conseguiu o êxito. Já Rafael, por inexperiência, foi um pouco mais demorado, e ao sair, ficou aos prantos. O fato chamou a atenção de todos. Filomena ralhou com Vítor, e ambos foram tentar amenizar a dor do seu irmão menor. Usaram um pouco de água e por sorte as queimaduras não foram tão graves. Quando o mesmo melhorou, foi deitar-se e dormir. Fica a lição, também contida na bíblia: "Não tentarás o Senhor seu Deus".

1.14-A descoberta do amor

1.14.1-Primeiras experiências

A rotina de Vítor, no momento, com dez anos, incluía o trabalho na roça ajudando o pai pela manhã, à tarde as brincadeiras com seu irmão Rafael e às vezes visita a vizinhos e a parentes, prioritariamente nos fins de semana. Numa dessas visitas, se aproximou mais de Sara (Menina de sua mesma idade que tinha como características olhos castanhos, feição definida e delicada, corpo magro e bem feito, cabelos negros feito em madeixas e era filha da professora Genoveva) e entre ambos começou a surgir um sentimento forte que pode ser chamado de amor infantil traduzido em mãos dadas, beijos no rosto, abraços e a vontade mútua de sempre ficar junto. Mas tudo era feito às escondidas, pois os mesmos tinham medo da reação dos pais e juntos iam descobrindo este sentimento maravilhoso.

Após descobrirem a afinidade que tinham um pelo outro, se aproximaram mais e começaram a sair juntos. Assim iam descobrindo um pouco do mundo e deste sentimento tão bonito embora a precaução viesse em primeiro lugar devido aos preconceitos da época. Caso fossem descobertos, e a separação ocorresse, não se arrependeriam da experiência adquirida. A sorte dos dois estava lançada.

1.14.2-O encontro na Igreja

O começo da relação entre Sara e Vítor estava de vento em pompa apesar de alguns desentendimentos ocorrerem. Porém, estes momentos eram logos superados. Depois de algumas saídas, Vítor enviou um bilhete a ser entregue em mãos a sua amada, através de um de seus amigos chamado caio. O mesmo, rapidamente, se dirigiu a casa de Sara, e ao chegar no destino falou que iria falar com a mesma. Sem desconfiar, Genoveva chamou a filha que ao atender caio, recebeu o bilhete, agradeceu e se despediu. Escondendo o papel, a mesma trancou-se no quarto e foi lê-lo. Eis o conteúdo:

Amada Sara

Queria convidá-la para um encontro comigo de modo a estar juntos e conversar um pouco mais. Que tal se você comparece na Igreja, hoje às quatro da tarde? Mesmo sem saber sua resposta, e espero ansiosamente neste local e horário. Atenciosamente, Vítor.

Após lê-lo, Sara pensou um pouco e concluiu que não faria mal algum sair um pouco de casa e encontrar novamente com o doce de menino que era o Vítor. Planejou a melhor desculpa a ser dada a mãe, e no horário combinado, partiu em direção a pequena capela do sítio, fundada pelos Franciscanos há dois anos.

Na hora exata, a mesma entrou no recinto, e quando os dois se viram, correram imediatamente para um longo e delicado abraço. Nesta ocasião, o frei chegara, flagrou os dois, mas não os repreendeu. Ao contrário, achou bonito e prometeu guardar segredo. Da Igreja, os dois partiram para a área externa a brincar como duas crianças que eram e a se conhecer melhor. Ocasionalmente, saía um beijo. Neste clima, passaram o restante da tarde e no momento de se despedir, combinaram um novo encontro para a próxima semana. Será que esta bonança permaneceria? Continue acompanhando, leitor.

1.14.3-O breve período de separação

Após o encontro na Igreja, Vítor e Sara permaneceriam separados por cerca de uma semana de modo a cuidarem de suas vidas pessoais e de não despertar a atenção dos adultos envolvidos. Neste período, Vítor cuidou da roça, ajudou em algumas tarefas domésticas, brincou com seu irmão Rafael, saiu com amigos, passeou na casa de parentes. Já Sara ajudou sua mãe em casa, brincou com as amigas, foi à cidade e leu um livro. Mas nenhum dos dois deixou nem sequer um momento a lembrança dos momentos juntos, apesar de não ser nada sério. Era apenas um sentimento puro, de criança que não tinha maiores preocupações.

Os dois estavam dispostos a continuar vivendo esta experiência bonita, pela qual muitas pessoas passam, a primeira paquera, o primeiro olhar descompromissado, a convivência e tudo isto ocorrendo ainda na infância. Aonde isto no final os levaria? Eles nem desconfiavam e nem estavam preocupados com o futuro. O importante era viver cada momento do presente intensamente como únicos ou como se fosse o último.

1.14.4-Uma data importante

Passada uma semana do último encontro, Vítor e Sara finalmente se encontrariam num evento social importante para todos que viviam no sítio Fundão. Tratava-se da data de aniversário de dez anos de fundação da sua escola, a escola municipal rural Prazer de aprender. Presente desde a fundação, a professora Genoveva Garcia organizou tudo auxiliado por sua filha única Sara.

Na data e no horário combinado, Vítor, acompanhado de seus familiares, chegou à casa da sua ex-professora e de sua amada Sara. Como eram conhecidos de longa data, Vítor e sua família entraram sem cerimônia, cumprimentaram a todos os presentes e foram sentar numa das mesas postas. Esperaram um pouco até a banda de pífanos chegar e começar a alegrar a festa. Aí começaram a surgir casais para dança, mais convidados chegam, o movimento é intenso e quando todos se acham distraídos, Vítor e Sara se deslocam e se encontram do lado de fora. Ao se encontrarem, se abraçam, se beijam no rosto, ficam de mãos dadas e vão brincar. Inventam mil e uma brincadeiras, Rafael chega, se integra ao grupo e juntos vivem momentos emocionantes.

Depois que se cansam de brincar, conversam um pouco sobre sua vida, e um vai repassando experiências um para o outro apesar da pouca idade de ambos. Esgotada a conversa, voltam para dentro da casa, para curtir um pouco os festejos. Integram-se as suas respectivas famílias, comem um pouco, e se divertem o melhor possível. No final, se despedem e prometem rever-se em breve. Vítor retorna para casa com sua família e Sara vai dormir. Continue acompanhando, leitor.

1.14.5-O dia do índio

O tempo passa um pouco e chega especificamente no dia 19 de abril de 1911, dia do índio. Esta data é muito comemorada na Zona rural de Cimbres (Atual pesqueira), inclusive no sítio fundão que fica próximo a uma das aldeias Xucuru da região, primeiros habitantes locais. Por decisão unânime dos chefes da aldeia, foi mandado um convite aberto direcionado a todos os moradores próximos para que comparecessem à tribo de modo a comemorar com os indígenas nesta data simbólica. Muitas famílias do sítio fundão aceitaram a proposta, inclusive as famílias Garcia e Torres. Esta era mais uma oportunidade de convivência entre Vítor e Sara.

Duas horas antes do horário combinado, as famílias Torres e Garcia partiram em direção a aldeia, se encontraram no caminho, e permaneceram caminhando juntas durante o restante do trajeto. No caminho, trocaram experiências e expectativas sobre o encontro único e inusitado que os esperava. O que levariam de bom desses momentos tão especiais? Certamente teriam muito a aprender dum povo milenar que são os verdadeiros donos do Brasil. Além disso, tinham muito também a ensinar. Seria o intercâmbio perfeito entre as raças apesar de que no dia a dia já tinham muito contato. Logo, continuaram a viagem sem maiores preocupações.

Exatamente no horário previsto, chegaram à aldeia, entraram, foram recebidos pelos anfitriões e quando tudo ficou pronto, a festa iniciou-se. Teve de tudo: danças típicas, rituais religiosos, música, comida abundante, discursos, brincadeiras.

Vítor, Rafael e Sara afastaram-se dos adultos aproveitando para fazer amizade com os indiozinhos. Vítor, um pouco deslumbrado, fez uma demonstração dos seus poderes ocultos que a cada dia cresciam. Todos o aplaudiram. Depois, brincaram como crianças normais. Em dado momento, Vítor e Sara ficaram a sós. Conversaram, fizeram planos, deram as mãos sem despertar maiores suspeitas. Um instante depois, reintegraram-se ao grupo e continuaram a se divertir.

Já perto de anoitecer, a festa encerrou-se, os visitantes agradeceram e despediram-se, e finalmente foram embora. Demoraram aproximadamente o mesmo tempo no trajeto de volta, parando às vezes para o descanso dos animais. Chegando em casa, Genoveva e Sara despediram-se da família de Vítor e os mesmos caminharam mais um pouco. Mais tarde, chegam em casa também. Foram imediatamente dormir e Vítor não para de pensar em seus novos amigos e na companhia agradável de Sara. Continuariam tendo contato? O mesmo se preocupa um pouco com isso, mas logo é vencido pelo cansaço da viagem. O destino estava lançado.

1.14.6-O dia da independência

1.14.6.1-contexto histórico

No dia 7 de setembro de 1822, às margens do Ipiranga, finalizou-se um capítulo negro em nossa história: A dominação política portuguesa. Desde a sua chegada a nosso país os estrangeiros tiveram como foco principal os nossos recursos e não a colonização propriamente dita. Fizeram de tudo: escravizaram os indígenas (Os verdadeiros brasileiros), destruíram parte de nossa fauna e flora, extraíram nossos minérios entre outros prejuízos. Isto só se findou neste dia.

Mas a independência não foi construída somente diante do rio Ipiranga. Foi um processo lento e complicado dos quais tiveram participação valorosa. Dentre eles, cabe destacar: Tomás Antônio Gonzaga, Cláudio Manuel da Costa, Domingos Vidal da Costa, Joaquim José da Silva Xavier e Joaquim Silvério dos Reis (Inconfidência Mineira); João de Deus do Nascimento, Manuel Faustino dos Santos, Luiz Gonzaga das Virgens e Lucas Dantas (Revolta dos alfaiates); Antônio Carlos, José Bonifácio de Andrada e Silva, José da Silva Lisboa, Joaquim Gonçalves

Ledo e Januário da Cunha Barbosa (Articuladores políticos, sendo que os dois últimos atuavam nos jornais e lojas maçônicas), culminando no ato de sete de setembro de 1822.

E você leitor, pode-se perguntar: depois deste dia, tudo estava resolvido? A resposta é não. Estávamos independentes apenas em parte. Geralmente, tudo se mostrava absolutamente igual: continuávamos dependendo da ajuda externa de outros países, mantínhamos uma estrutura econômica baseada no trabalho escravo e as elites aproveitaram o momento para assumir o poder em detrimento das camadas populares. Resultado: Revoltas que foram sufocadas graças ao poder ditatorial do imperador.

Mesmo com o passar das décadas e com o advento da república, ainda carregávamos dificuldades latentes em nosso desenvolvimento econômico-social porque não era apenas o regime político o problema e sim uma gama de fatores muito complexos incluídos a corrupção, a pouca ênfase na saúde e educação, a seca, a discriminação em suas variadas vertentes.

Podemos dizer que o grito do Ipiranga foi apenas o marco inicial de um longo processo de evolução de nossa sociedade e atualmente somos exemplo para o mundo pela nossa economia, nossos recursos naturais, pela nossa força e nossa índole, apesar das grandes desigualdades sociais existentes. Somos o país do presente e do futuro e depende de nós continuarmos orgulhando nossa terra.

1.14.6.2-Continuação da história

Era o dia 7 de setembro de 1911. Tradicionalmente, a data era comemorada na sede do município Pesqueira com um grande desfile. Todos os personagens conhecidos ou desconhecidos do sítio fundão se prepararam para a festa. Entre eles, as famílias-foco do momento: Torres e Garcia. Depois de se prepararem corporalmente, encontraram-se na estrada e partiram juntas (Com os integrantes montados a cavalo). No caminho, encontraram outras famílias, formando um grande cortejo aproveitando a viagem para trocar ideias e colocar as notícias mais recentes em dia. Permaneceram neste ritmo durante duas horas até chegar na praça central da cidade.

Ao chegar no destino, juntaram-se a uma multidão grandiosa a esperar pelo desfile e pela banda. Quando a mesma passou, todos acompanharam. Vítor e sara aproveitaram um momento de distração dos adultos e saíram para brincar e conversar. Passaram aproximadamente vinte minutos de convivência, trocaram carícias e no fim deste tempo resolveram voltar ao cortejo. Continuaram com seus pais até o fim.

Findo os festejos, fizeram um lanche rápido, montaram novamente nos cavalos e iniciaram o caminho de volta. Demoraram aproximadamente o mesmo tempo da ida, se dirigiram as suas casas e descansaram o restante do dia. Cumpriram o seu papel de cidadãos mais uma vez.

1.14.7-A excursão

O tempo avança um pouco. O final do ano chega (1911) trazendo com ele o recesso escolar. Agora, Genoveva tem uma ideia brilhante de modo a proporcionar diversão e manter ocupados os alunos, ex-alunos e o pessoal em geral do sítio Fundão: Fazer uma excursão para um local especial localizado no sítio vizinho, uma caverna que servira de moradia para o homem pré-histórico evidenciado através dos vestígios de sua passagem (Pinturas rupestres).

E assim fez. Mandou os convites e à medida que ia recebendo o aval ia contratando as charretes. Quando atingiu um número suficiente de pessoas, marcou a data e o horário. Chegado o dia e horário, todos compareceram em frente à casa da contratante (Genoveva). Os meios de locomoção iam aparecendo, lotando e partindo. O último, por coincidência, foi preenchido por membros da família Torres e Garcia. Como eram conhecidos, a viagem inteira certamente seria preenchida por conversas gostosas e enriquecedoras. O tempo avançou, as charretes e as pessoas enfrentavam o sol causticante, a poeira gigantesca, os desafios duma estrada deficitária, mas ninguém que estava fazendo a viagem reclamou porque o destino era atraente o bastante para compensar.

Duas horas depois da partida, as charretes iam chegando ao destino, estacionando, e os passageiros descendo com suas respectivas mochilas. Quando todos chegaram, reuniram-se em grupos de cinco e iam entrando na caverna. Ao chegar a vez do grupo composto pelas famílias Garcia e Torres (O último), tiveram a oportunidade de ver mais calmamente todas as belezas do local composta por estalactites e estalagmites cintilantes, o escuro instigante, as pedras, as esculturas e formações rochosas, além das pinturas dos homens pré-históricos representando diversas situações entre elas, a caça, o sexo, a religião, a sociedade, ou seja, a cultura em geral. Passaram cerca de meia hora na pequena caverna.

Ao sair, fizeram um piquenique com algumas delícias nordestinas e todos participaram. No momento que os adultos se distraíram um pouco, Sara e Vítor deram uma escapada e foram brincar, trocar carícias e conversar. O problema foi que desta vez demoraram muito. Foram procurados e descobertos pelas respectivas famílias. Genoveva não gostou nada, afastou os dois, não desgrudou mais da filha e deu por encerrada o passeio. Voltaram então às charretes e iniciaram o caminho de volta. Demoraram aproximadamente o mesmo tempo de ida, enfrentando os mesmos obstáculos. Chegando no sítio, todos se despediram e voltaram as suas respectivas casas, descansaram um pouco, cuidaram de suas obrigações e quando anoiteceu, foram dormir. O que seria, a partir de agora, do relacionamento de Sara e Vítor? Continue acompanhando, leitor.

1.14.8-O desencontro

Um dia após a excursão, Vítor mostrava-se o tempo todo ansioso e angustiado com a possibilidade de afastamento da sua querida Sara. Depois de todas as experiências vividas ao lado dela, tornara-se um menino mais dócil e comportado, algo que não queria perder. Pensando no problema causado pela descoberta dos dois, acabou tendo uma ideia para reencontrar a sua amada: enviar outro bilhete pelo seu amigo Caio, endereçado a ela. Tomada a decisão, sentou à beira de sua mesa, pegou pena e tinta e escreveu umas breves linhas. Quando terminou, procurou o jovem já mencionado e ao encontrá-lo, entregou-lhe o bilhete e deu instruções precisas.

Imediatamente, Caio se dirigiu a casa de Sara, e com seus passos firmes e seguros não demorou muito a chegar. Aproximou-se então um pouco mais, bateu à porta da casa, esperou alguns instantes, a porta se abriu, e foi atendido por Genoveva. Perguntado sobre o motivo da visita, Caio lhe disse querer falar com Sara. No mesmo instante, Genoveva desconfiou e disse que ela não estava, mas que poderia resolver por ela. Por ingenuidade, Caio lhe entregou o bilhete e foi embora. Genoveva então aproveitou a oportunidade. Leu todo o conteúdo e não gostou principalmente porque vinha de Vítor.

Genoveva refletiu por alguns instantes a situação e tomou uma atitude drástica: pegou o bilhete, e imitando as letras de Vítor, o substituiu por outro. Levou-o para o quarto da Sara e entregou a mesma. Ao lê-lo, a pequena teve um choque, pois não reconhecia o menino que até pouco tempo se divertia. Mas não tinha dúvida: era ele mesmo. O conteúdo era o seguinte:

Querida Sara

Pensei bem. Somos muito jovens e seria bom dá uma basta em nossos encontros. Faço isso sinceramente porque não me divirto mais com sua presença apesar de você ser especial. Talvez continuemos só amigos.

Um abraço e espero que me esqueças de uma vez, lembranças a sua mãe. Com atenção, Vítor.

A reação de Sara não foi nada boa: gritou, esperneou, chorou e ficou dando socos na parede. Atraída pelo grito, sua mãe entrou no quarto, a consolou e aproveitou o momento difícil da filha para lhe sugerir que mudassem para um município bem longe, onde já lhe ofereceram um bom trabalho. Sem pensar direito, Sara aceitou a proposta e Genoveva disse ir acertar os detalhes. Com duas semanas depois, às duas foram embora sem se despedir, em busca do novo destino. O que aconteceria? Continuemos a narrativa.

1.15-A nova rotina

Depois da partida de Sara, Vítor passou uma temporada em depressão, perguntando-se o que fez de errado. No entanto, pouco a pouco se convenceu de que não tinha culpa nenhuma. Ele e a amada foram vítimas duma conspiração cruel do destino. Apesar de o relacionamento ter sido extinto, valera a pena as experiências vividas e quem sabe quando fossem adultos pudessem se reencontrar, descobrir o que sentem um pelo outro realmente e recomeçar. Embora isto fosse uma possibilidade remota no momento, pois às duas sumiram no mundo.

Com o passar do tempo, Vítor ia sufocando as lembranças e ficando mais tranquilo. Quando ficou totalmente recuperado, voltou a sua rotina normal: O trabalho no sítio do pai realizando várias atividades rurais (Pela manhã), o trabalho doméstico auxiliando em algumas oportunidades sua mãe (tarde), o descanso á noite, as brincadeiras e as atividades de lazer no fim de semana com seu irmão Rafael, amigos e vizinhos. Seria feliz em sua vida simples e rotineira, mas instigante e interessante.

Já os outros membros da sua família continuavam da mesma forma de sempre: Jilmar, com sua dedicação contínua ao trabalho rural, sua mãe cuidando da casa, do seu artesanato, da família em geral e seu irmão Rafael terminara o grau de estudo primário e no próximo ano começaria a ajudar na lida da roça, além de ter um tempo para suas brincadeiras, é claro. Tudo estava correndo bem até o momento apesar das crescentes dificuldades que uma família pobre do interior tinha que enfrentar.

1.16-As histórias de Dona Filomena

Com onze e oito anos, sendo um deles quase um pré-adolescente, Vítor e Rafael assimilaram bastantes valores repassados pelos seus pais, especificamente através da figura da mãe, Dona Filomena, que era mais presente. Uma das formas de repassar estes conhecimentos eram através de pequenas histórias ilustrativas, mas sábias. Transcreverei algumas que ouvi falar.

1.16.1-O garoto animal

Diego era o menino duma família de classe alta da cidade de Recife. Apesar da boa condição financeira e boa base de valores recebida o mesmo se mostrava inquieto, serelepe e desobediente aos pais que se esforçavam a todo momento em fazê-lo um menino do bem. Conquanto, o mesmo não se remediava nem se arrependia de suas travessuras.

Um belo dia, fez uma travessura pior e sua mãe, irada, fez uma última tentativa de corrigi-lo: deu-lhe umas palmadas. Imediatamente, o menino reagiu, agarrou as pernas da mãe e as mordeu. Neste instante, a mesma, inspirada pela grande dor e mágoa causada pelo filho, disse: agindo dessa forma, você nem parece uma criança e sim um animal. A praga rogada pegou na hora.

A partir deste dia, em toda noite de lua cheia, como castigo, Diego se transformava: saia de casa irracionalmente uivando como um lobo. A maldição duraria enquanto ele vivesse para ele aprender a respeitar uma mãe.

1.16.2-O papa fígado

Há muito tempo, existia num reino muito distante, um príncipe chamado Mimoso. Sua característica principal era a ambição desmedida e os pais, que o amavam muito, se esforçavam em cumprir todas as suas exigências: já compraram para ele mais de cem mil brinquedos importados e mais de mil peças de ouro. No entanto, nada que fizessem o satisfazia. Em certo dia, o príncipe chegou ao cúmulo de pedir dez estrelas prateadas do céu e levou seus pais à loucura: O que fariam para atender a um pedido tão absurdo?

Refletiram, refletiram....... e terminaram por decidir que em vez de dez estrelas prateadas do céu, daria a ele a mesma quantidade de estrelas. Porém, artesanais. Quando foram entregar o presente, o menino pegou as estrelas, jogou no chão, esbravejou e bufou de raiva, disse que não era aquele seu pedido. O rei então respondeu:

— Meu filho, eu e sua mãe nos esforçamos ao máximo para agradá-lo. No entanto, o que você pediu é humanamente impossível de conseguir. Qualquer criança desejaria estar no seu lugar e ganhar esta categoria de presente.

O menino não se conformou, revoltado e indignado fugiu em direção a floresta vizinha. Ao entrar no meio da vegetação e avançar um pouco, sentou em baixo duma árvore, baixou a cabeça e chorou convulsivamente. Envolto em sua dor, nem percebeu a aproximação de um estranho.

A criatura era o velho lendário papa-fígado que se alimentava do órgão de mesmo nome das crianças. De supetão, o bicho pegou o príncipe bradando:

— Agora vou comer seu fígado!

Assustado e perdido, o príncipe começou a gritar por socorro, mas ninguém lhe respondia. Foi quando uma voz interior lhe disse:

— Deverias estar em casa, com seus pais que tanto o amam e em vez de chorar deveria sorrir e agradecer pela vida que Deus te deu.

Agora, o mesmo se arrependeu de ser tão egoísta. Em meio ao aperto, desejou voltar para casa. Como se fosse por mágica, o papa-fígado sumiu e Mimoso voltou correndo para o palácio. Quando chegou, abraçou os pais, agradeceu o presente, mas não o aceitou. Decidiu doar tudo para as crianças pobres do reino e nunca mais ousou pedir nada extravagante aos seus pais. Ao contrário, contentava-se com o que recebia de bom grado deles.

1.16.3-O melhor prêmio

Era uma vez um menino chamado Ronaldo que morava na periferia de Salvador. Como a maioria da população da região, sua família era muito pobre e sobrevivia do lixão no qual o mesmo trabalhava oito horas por dia de modo a ajudar seus pais e ele mesmo em suas necessidades básicas. Nos poucos momentos de lazer, improvisava brinquedos com os resíduos do lixo como bolas, petecas e carrinhos. Mesmo com estas dificuldades, ainda sonhava com dias melhores.

As características especiais que este garoto reunia o tornavam um exemplo para todos que o conheciam. Alguns exemplos de belas atitudes suas eram: participara da campanha do agasalho e do natal sem fome (Ele era o garoto propaganda e não cobrou nenhum cachê por isso), além de incentivar aos comerciantes da época que doassem uma parte de seu lucro aos pobres.

Sua história de vida ganhou tal conotação que chegou aos ouvidos de um certo papai Noel. Analisando o seu caso, ele resolveu ajudá-lo e exatamente no dia 25 de dezembro, data do natal, este bom velho chegou ao barraco em que Ronaldo morava. Ao chegar, observou em derredor e verificou que não havia nenhuma chaminé, pois, a morada era muito simples. Então, como última alternativa, resolveu colocar o presente que trouxera encostado a porta. Feito isto, foi embora.

No outro dia, pela manhã, a criança acordou. Do quarto deslocou-se até a sala. Ao tentar passar pela porta, esbarrou no embrulho. Cheio de curiosidade, rasgou o envelope e encontrou uma carta e um formulário. Porém, como não sabia ler, chamou a mãe e pediu para que a mesma traduzisse o conteúdo para o mesmo. Ela leu, não acreditou, releu para certificar-se e contou ao filho que ali estava escrito que o mesmo a partir do ano que estava por começar teria direito a uma bolsa escolar integral na melhor escola da cidade. Além disso, a família receberia mensalmente uma cesta básica e acompanhamento médico. Estas boas novas estavam descritas na carta.

Já no formulário, recebeu uma mensagem de congratulação, o elogiando pelos seus feitos (Assinado pelo papai Noel em questão). Depois da leitura, Ronaldo e sua mãe se abraçaram e agradeceram a Deus por ainda existirem anjos na Terra. Foi o melhor presente de natal que Ronaldo e sua família poderiam receber.

1.16.4-O valor do trabalho

Era uma vez uma abelha-operária que se chamava Zunzum. O trabalho da mesma era basicamente visitar diariamente milhares de flores em busca do néctar, ingrediente principal com que se produz o mel. Para alcançar uma quantidade significativa de mel é necessário muito trabalho das abelhas-operárias: um vaivém intenso da colmeia até a matéria-prima (Às vezes elas percorrem vários quilômetros de distância de cada vez).

Certo dia, aproximou-se da colmeia um homem chamado Abílio, especialista em retirar mel. O mesmo vestia um traje todo especial para protegê-lo das picadas e trazia consigo também material para defumar o ambiente e confundir os inimigos. No momento certo, atacou as abelhas com sua fumaça no intuito de deixá-las tontas e desorientadas. Zunzum então exclamou:

— Por que está fazendo isso? Quer nos matar propositadamente?

— Não quero matá-las, meu objetivo é apenas retirar o mel.

— Não é justo: fui eu e minhas irmãs que nos esforçamos para produzi-lo e acondicionar o conteúdo nos alvéolos.

— Não quero saber. Quero o seu mel, vou vender uma parte e consumir outra, pois é muito nutritivo e apreciado.

— Se você se atrever a levá-lo, nós te picamos.

— Não pode me picar. Estou protegido.

— Monstro, não tem sentimentos ou remorsos? Se pegares nosso mel, eu e minhas irmãs morreremos de inanição.

— Isso é problema de vocês. Não tenho nada a ver com isso.

— Isto é um ultraje, uma burla a lei.

— A lei que conheço é esta: se chama a lei do mais forte, da sobrevivência.

Ao dizer isto, não escutou mais a abelha. Retirou todo o mel da colmeia e partiu de volta para sua casa. Mais uma vez o bicho homem mostrou sua superioridade e primazia sobre todos os seres vivos.

1.16.5-Beleza e afinação não se põem na mesa

O proprietário de um circo estava à procura de um animal especial que soubesse truques e com isso se destacasse. Em busca deste objetivo, adentrou na floresta, percorreu uma certa distância, colou cartazes anunciando o que procurava, e esperou um pouco. O primeiro que apareceu foi o pavão:

— Soube que o senhor está a procura duma estrela, pois saiba que já encontrou. Não há outro animal que se iguale a mim: minha beleza é exaltada por pintores e poetas, tenho elegância, estilo e muito charme.

O homem observou o animal de cima para baixo e respondeu:

— Desculpe-me, mas não é isto o que estou procurando.

O segundo a aparecer foi o peru:

— Não precisa procurar por mais ninguém. A partir de hoje, serei sua principal atração, pois sou um ótimo cantor.

Mais uma vez o homem observou o candidato, pensou um pouco e respondeu:

— Desculpe-me, não estou procurando cantores. Já tenho uma sereia que tem um ótimo gogó no meu circo.

O (a) terceiro (a) candidato (a) que apareceu foi uma galinha:

— Está procurando uma estrela? Pois, achou. Sou muito talentosa: danço tango, 'funk', axé, forró, samba, dança de salão.

— Muito bem! Farei um teste com você. Caso não seja aprovada, dará pelo menos uma canja.

Dito isto, agarrou-a, saiu da floresta e dirigiu-se ao circo. Com este desfecho inusitado, o pavão e o peru exclamaram aliviados:

— Ainda bem que ele não nos escolheu.

1.17-O código de conduta de Dona Filomena

Auxiliada pelas suas experiências de vida e por sua sabedoria, Dona Filomena elaborou um código de conduta para os filhos verbalmente de modo que os orientasse nos caminhos da vida. Este código pouco foi sendo compreendido pelos dois e por iniciativa própria, eles redigiram as regras. Eis o código:

1. Ao levantar

    1.1-Preparar e organizar o quarto (Arrumar a cama, varrer o quarto, espanar os móveis);

    1.2-Tomar banho;

    1.3-Auxiliar no preparo e tomar o café-da-manhã;

    1.4-Escovar os dentes e pentear os cabelos (Não chupar bala nem levar poeira);

    1.5-Ir para a escola (Tarefa em parte cumprida, já concluíram o primário);

2. Ao chegar da escola ou do trabalho

    2.1-Guardar o material escolar em local apropriado;

    2.2-Retirar o uniforme da escola (Não amassar nem dobrar);

    2.3-Tomar banho novamente, trocar de roupa e almoçar, mastigando lentamente para melhor digerir os alimentos;

    2.4-Nas refeições, saber comportar-se em uma mesa;

    2.5-Hora de lazer: estudar, brincar com os colegas, passear, etc.;

    2.6-Ajudar nos trabalhos domésticos.

3. À noite

    3.1-Falar com os pais quando tiver qualquer problema (Dúvidas, encrencas, etc.)

    3.2-Jantar (Seguindo as mesmas regras do almoço);

    3.3-Tomar banho;

    3.4-Rezar para Deus e o anjo da guarda, agradecendo por mais um dia de vida;

    3.5-Ir dormir cedo.

4. Socialmente

    4.1-Respeitar e ajudar os mais velhos;

    4.2-Ficar calado enquanto os adultos conversam;

    4.3-Mostrar educação e simpatia a todo momento;

    4.4-Procurar sempre demonstrar seu amor e compreensão;

5. Geral

5.1-Cumprir as obrigações mais ou menos no mesmo horário.

1.18-Estórias de caçador

Era o dia 4 de maio de 1912, um sábado. Nesse dia, era comum a família Torres receber a visita dum velho conhecido chamado Francisco, ou melhor, Chico, um caçador famoso na região por seu talento em contar estórias. Assim aconteceu.

O velho Chico bateu à porta. Jilmar foi atender o convidando a entrar. Juntos, se dirigiram a pequena sala da casa onde já se encontravam Filomena, Vítor e Rafael. Ele cumprimentou a todos e sentou-se num tamborete disponível. Jilmar iniciou o diálogo.

— E aí, Chico, tudo bom? Faz tempo que nos conhecemos. Desde que mudamos para este sítio, mas apesar do nosso contato, você é ainda uma figura cheia de mistérios. Ouvir falar que você é do sertão, não é mesmo?

— Sim, nasci em Cabrobó, amava minha terra e nunca queria me afastar-me dela. Mas sofria muito com as surras do meu padrasto, e um dia reagi, o esfaqueei, ele caiu desacordado e fugi. Não sei o que aconteceu com ele ou minha mãe. Aí andei mundo afora. Cheguei por acaso neste sítio e resolvi fixar residência aqui—Respondeu ele.

— Entendo. Com que aprendeu a elaborar lorotas? (Jilmar)

— Com ninguém. Aprendi com minhas experiências. (O mesmo)

— Tem alguma para nos contar hoje? (Vítor)

— Sim, várias. Você gosta das minhas estórias? (Chico)

— Sim, muito. (Vítor)

— Eu também. (Rafael)

— Não impressione os meninos, Chico. (Filomena)

— Não tem problema. Terei cuidado. Vamos? (Francisco)

Todos aceitaram o convite. Pegaram seus lampiões e o seguiram. Atravessaram o casebre todo alcançando a área externa. Ao sair, contemplaram as estrelas, mas logo perderam a atenção nisso para só se concentrar na figura misteriosa do caçador. Então ele começou.........................

1.18.1-O espírito da mata

Quando eu era jovem e morava lá para os lados de Cabrobó, costumava sair aos sábados. Geralmente eu me dirigia a zona rural de modo a caçar. Adoro fazer isso. Era e é meu lazer. Certo dia, embrenhado na floresta, espreitava a caça pronto para dar o bote (Silencioso e atento procurava a melhor forma para engalfinhar a minha presa). Neste momento, cheio de ansiedade e nervosismo me veio a vontade de olhar para trás. Ao fazer este movimento, eis que surge em minha frente a figura duma menina mulata, com cabelos escorridos, longos e olhos faiscantes. Analisou-me de cima a baixo e com uma voz grave e rude falou:

— Não atire. Não permitirei que você mate nenhum animal.

— Por quê? Deus nos entregou os animais para que nos ajudem e sirvam de alimento.

— Está certo. Mas Deus reservou este dia. Ele é sagrado. Portanto, pode desistir e ir embora.

— Entendi. Compreendo o seu ponto de vista e prometo que não vou transgredir esta lei. Pode deixar. Vou embora.

Dito isto, a mulata sumiu. Fui embora imediatamente. Da próxima vez, iria caçar num dia de semana para não correr o risco de perder a viagem.

1.18.2-A salvação da criança

Um belo dia, estava eu saindo da mata, vindo duma caçada proveitosa (Trazia comigo, em meu bisaco, três preás e alguns pássaros) e com este sucesso estava feliz da vida. Como eu dizia, estava caminhando tranquilamente pela mata, em sua porção final, quando repentinamente (Não muito longe dali) ouvi gritos de desespero e dor (Parecia uma voz de criança). Munido pela misericórdia, sem pensar, dirige-me imediatamente ao encontro da voz aflita com o objetivo de a socorrer. Mais adiante, dobrei a direita, encontrei uma fila de árvores, e avançando um pouco me deparei com a seguinte cena: uma cobra Jiboia (Com aproximadamente três metros de comprimento) enrolara seu rabo no tronco duma planta e, na outra extremidade, sua boca sedenta se agarrara em uma perna frágil e fina que se debatia, em vão, para se soltar.

A dona da perna era uma criança negra (Com mais ou menos oito anos), provavelmente filho de descendentes africanos oriundos de um extinto quilombo próximo dali. Ao ver sua agonia, aproximei-me e tratei de ajudá-la o melhor possível: retirei o facão da cintura e pus-me a ferir a cobra peçonhenta. Ela recuou um pouco. Depois, agarrei as extremidades de sua boca e a pressionei para que soltasse a criança. Lutei bravamente durante vinte minutos até que ela cedeu: vencida e esgotada pelo cansaço, desistiu da presa. Joguei algumas pedras na mesma e finalmente ela entrou na mata fechada e se afastou definitivamente.

O menino (Livre e aliviado), suspirou agradecido:

— O senhor salvou a minha vida.

— Deus me ajudou. Agora acalme-se e lave esse ferimento para que não infeccione.

— Como poderei expressar minha gratidão?

— Apenas faça o seguinte: nunca mais adentre na mata, sozinho. Você podia ter morrido.

— Tudo bem. O senhor deve ser meu anjo da guarda.

— Anjo, não sou. Certamente, seu protetor guiou-me até aqui: O que acaba de acontecer é um verdadeiro milagre.

Despedimos e nunca mais voltei a vê-lo. Fica a lição.

1.18.3-A onça

No interior paraibano, há uma abundância de onças. Quando se está na mata da região, fazendo qualquer atividade, corre-se o risco de encontrar com alguma delas. Foi o que aconteceu certo dia. Ocorreu da seguinte forma: eu estava caçando veados com meu cachorro fiel, na tocaia. Qual não foi a nossa surpresa (Em vez do veado apareceu uma onça). Pelo modo como agia, parecia estar esfomeada (Caminhava lenta e silenciosamente farejando a possível presa em todas as direções). Ao vê-la, meu coração quase que parou. Momentos depois, recobrei a calma e matutei de modo a decidir rápido o que fazer. Mas não deu tempo. Impulsivamente, meu cachorro ladrou e partiu em direção ao felino. Como resposta, ela aplicou-lhe uma patada de leve para o afastar. Com isso, saquei da espingarda e estava prestes a atirar no bicho. Pressentindo o perigo, ela falou:

— Não atire. Tenho filhotes para criar.

— Por que não deveria atirar? Você feriu o meu melhor amigo. Além disso, é uma concorrente na caça.

— Seu amigo me atacou primeiro. Eu só fiz me defender. Quanto à caça, preciso dela para alimentar a mim e meus filhotes.

— Entendi. Então vou deixá-la ir. Mas tenha cuidado com outros caçadores.

— Obrigado.

Resolvi dar por terminada a caça e voltei com meu cachorro para minha casa. A onça era mesmo brava, mas se não fosse provocada, não representava um grande perigo. Pelo menos esta que conheci.

1.19-Despedida

Após contar estas estórias, Chico mudou de assunto e conversou durante um tempo sobre política, economia, notícias populares e fofocas com os membros da família Torres. Esgotado os assuntos, o mesmo se despediu e se dirigiu a sua casa com o objetivo de dormir. No próximo sábado, provavelmente voltaria e contagiaria a todos com sua simpatia. Continuaria, pois, fazendo história.

Depois de sua saída, os integrantes da família Torres também foram dormir, pois, vinham de um dia longo e cansativo. Nos próximos dias, permaneceriam na sua vida simples, mas instigante e digna. Eram um exemplo de luta e perseverança na região contra todos os fenômenos de sua época, especialmente Vítor que a cada dia via seus poderes crescerem e se desenvolverem sem ninguém que o aconselhasse. O que seria do mesmo e de sua valorosa família? Continue acompanhando, leitor.

1.20-Fim da infância

Estávamos no dia 1 de agosto de 1912. Vítor completara doze anos, marco final de sua infância. Neste breve período, vivera muitas e intensas experiências. As mais importantes foram o nascimento do irmão, a descoberta dos dons espirituais, a rotina, os valores aprendidos com os pais, o amor infantil provocado por Sara. Tudo o que vivera acrescentara sabedoria, humildade e paciência às suas virtudes, o que já era um bom começo de evolução. Agora, viveria uma nova fase, a adolescência, a segunda de sua vida.

Ainda na primeira, vivera o medo do escuro, dos fantasmas; ultrapassara seus limites sensoriais, tentando entender as forças ocultas; inovara e criara brincadeiras com seu irmão Rafael; descobrira a atração e o gostar ainda criança, o que não era comum ; terminara o primário e começara a trabalhar, enfrentando as adversidades do campo como o sol causticante, o chão seco, a falta de chuvas regulares, os escassos recursos, mas se sentia feliz com a possibilidade de ajudar seu pai no sustento da família.

Fim

W. Robinson

Garden Design and Architects' Gardens

e-artnow 2024

W. Robinson

Garden Design and Architects' Gardens

e-artnow, 2024
Contact: eartnow.info@gmail.com

ISBN: 978-80-273-8858-5

Contents

PREFACE

> That we might see, eyes were given us; and a tongue to tell accurately what we had got to see. It is the alpha and omega of all intellect that man has. No poetry, hardly even that of Goethe, is equal to the true image of reality-had one eyes to see that. —T. CARLYLE, *Letters to Varnhagen Von Ense.*

The one English thing that has touched the heart of the world is the English garden. Proof of this we have in such noble gardens as the English park at Munich, the garden of the Emperor of Austria at Laxenberg, the Petit Trianon at Versailles, the parks formed of recent years round Paris, and many lovely gardens in Europe and America. The good sense of English writers and landscape gardeners refused to accept as right or reasonable the architect's garden, a thing set out as bricks and stones are, and the very trees of which were mutilated to meet his views as to "design" or rather to prove his not being able to see the simplest elements of design in landscape beauty or natural form. And some way or other they destroyed nearly all signs of it throughout our land.

In every country where gardens are made we see the idea of the English garden gratefully accepted; and though there are as yet no effective means of teaching the true art of landscape gardening, we see many good results in Europe and America. No good means have ever been devised for the teaching of this delightful English art. Here and there a man of keen sympathy with Nature does good work, but often it is carried out by men trained for a very different life, as engineers in the great Paris parks, and in our own country by surveyors and others whose training often wholly unfits them for the study of the elements of beautiful landscape. Thus we do not often see good examples of picturesque garden and park design, while bad work is common. Everywhere-unhappily, even in England, the home of landscape gardening-the too frequent presence of stupid work in landscape gardening offers some excuse for the two reactionary books which have lately appeared-books not worth notice for their own sake, as they contribute nothing to our knowledge of the beautiful art of gardening or garden design. But so many people suppose that artistic matters are mere questions of windy argument, that I think it well to show by English gardens and country seats of to-day that the many sweeping statements of their authors may be disproved by reference to actual things, to be seen by all who care for them. We live at a time when, through complexity of thought and speech, artistic questions have got into a maze of confusion. Even teachers by profession confuse themselves and their unfortunate pupils with vague and hyper-refined talk about art and "schools" and "styles," while all the time much worse work is done than in days when simpler, clearer views were held. To prove this there is the example of the great Master's work and the eternal laws of nature, on the study of which all serious art must be for ever based. Beneath all art there are laws, however subtle, that cannot be ignored without error and waste; and in garden design there are lessons innumerable both in wild and cultivated Nature which will guide us well if we seek to understand them simply.

These books are made up in great part of quotations from old books on gardening-many of them written by men who knew books better than gardens. Where the authors touch the ground of actuality, they soon show little acquaintance with the subject; and, indeed, they see no design at all in landscape gardening and admit their ignorance of it. That men should write on things of which they have thought little is unhappily of frequent occurrence, but to find them openly avowing their ignorance of the art they presume to criticise is new.

A word or two on the state of architecture itself may not be amiss. From Gower Street to the new Law Courts our architecture does not seem to be in a much better state than landscape gardening is, according to the architects to whom we owe the "Formal Garden" and "Garden Craft"! It is William Morris-whose "design" these authors may respect-who calls London houses "mean and idiotic rabbit warrens:" so that there is plenty to do for ambitious young architects to set their own house in artistic order!

As regards "formal gardening," the state of some of the best old houses in England-Longleat, Compton-Wynyates, Brympton, and many others, where trees in formal lines, clipped or otherwise, are not seen in connection with the architecture-is proof against the need of the practice. As regards the best new houses, Clouds, so well built by Mr. Philip Webb, is not any the worse for its picturesque surroundings, which do not meet the architect's senseless craving for "order and balance"; while Batsford, certainly one of the few really good new houses in England, is not disfigured by the fashions in formality the authors wish to see revived, and of which they give an absurd example in a cut of Badminton. There is, in short, ample proof, furnished both by the beautiful old houses of England and by those new ones that have any claim to dignity, that the system they seek to revive could only bring costly ugliness to our beautiful home-landscapes.

W. R.

July 1, 1892.

ILLUSTRATIONS

GARDEN DESIGN[1]

Rhianva. Terraced garden, but with picturesque planting and flower gardening

A beautiful house in a fair landscape is the most delightful scene of the cultivated earth-all the more so if there be an artistic garden-the rarest thing to find! The union —a happy marriage it should be-between the house beautiful and the ground near it is worthy of more thought than it has had in the past, and the best ways of effecting that union artistically should interest men more and more as our cities grow larger and our lovely English landscape shrinks back from them. The views of old writers will help us little, for a wholly different state of things has arisen in these mechanical days. My own view is that we have never yet got from the garden, and, above all, the home landscape, half the beauty which we may get by abolishing the needless formality and geometry which disfigure so many gardens, both as regards plan and flower planting. Formality is often essential in the plan of a flower garden near a house —*never* as regards the arrangements of its flowers or shrubs. To array these in lines or rings or patterns can only be ugly wherever done!

That men have never yet generally enjoyed the beauty that good garden design may give is clear from the fact that the painter is driven from the garden! The artist dislikes the common garden with its formality and bedding; he cannot help hating it! In a country place he will seek anything but the garden, but may, perhaps, be found near a wild Rose tossing over the pigsty. This dislike is natural and right, as from most flower gardens the possibility of any beautiful result is shut out! Yet the beautiful garden exists, and there are numbers of cottage gardens in Surrey or Kent that are as "paintable" as any bit of pure landscape!

Why is the cottage garden often a picture, and the gentleman's garden near, wholly shut out of the realm of art, a thing which an artist cannot look at long? It is the absence of pretentious "plan" in the cottage garden which lets the flowers tell their tale direct; the simple walks going where they are wanted; flowers not set in patterns; the walls and porch alive with flowers. Can the gentleman's garden then, too, be a picture? Certainly; the greater the breadth and means the better the picture should be. But never if our formal "decorative" style of design is kept to. Reform must come by letting Nature take her just place in the garden.

Group of trees on garden lawn at Golder's Hill, Hampstead; picturesque effect in suburban garden

Natural and False Lines

Wakehurst. Elizabethan house with grounds not terraced

After we have settled the essential approaches, levels, and enclosures for shelter, privacy, or dividing lines around a house, the natural form or lines of the earth herself are in nearly all cases the best to follow, and in my work I face any labour to get the ground back into its natural level or fall where disfigured by ugly banks, lines, or angles.

In the true Italian garden on the hills we have to alter the natural line of the earth or "terrace" it, because we cannot otherwise cultivate the ground or move at ease upon it. Such steep ground exists in many countries, and where it does, a like plan must be followed. The strictly formal in such ground is as right in its way as the lawn in a garden in the Thames valley. But the lawn is the heart of the true English garden, and as essential as the terrace is to the gardens on the steep hills. English lawns have too often been destroyed that "geometrical" gardens may be made where they are not only needless, but harmful both to the garden and home landscape. Sometimes on level ground the terrace walls cut off the view of the landscape from the house, and, on the other hand, the house from the landscape!

I hold that it is possible to get every charm of a garden and every use of a country-seat without sacrifice of the picturesque or beautiful; that there is no reason why, either in the working or design of gardens, there should be a single false line in them. By this I mean hard and ugly lines such as the earth never follows, as say, to mention a place known to many, the banks about the head of the lake in the Bois de Boulogne. These lines are seen in all bad landscape work, though with good workmen I find it is as easy to form true and artistic lines as false and ugly ones. Every landscape painter or observer of landscape will know what is meant here, though I fear it is far beyond the limits of the ideas of design held by the authors of the *Formal Garden*. Also, that every charm of the flower garden may be secured by avoiding wholly the knots and scrolls which make all the plants and flowers of a garden, all its joy and life, subordinate to the wretched conventional design in which they are "set out." The true way is the opposite. We should see the flowers and feel the beauty of plant forms, with only the simplest possible plans to ensure good working, to secure every scrap of turf wanted for play or lawn, and for every enjoyment of a garden.

"Uncultivated Nature"

Such views I have urged, and carry them out when I can, in the hope of bringing gardening into a line with art, from which it is now so often divorced. It is natural that these views should meet with some opposition, and the consideration of the *Formal Garden* gives the opportunity of examining their value.

> The question, briefly stated, is this: Are we, in laying out our gardens, to ignore the house, and to reproduce uncultivated Nature to the best of our ability in the garden? Or are we to treat the house and garden as inseparable factors in one homogeneous whole, which are to co-operate for one premeditated result?

No sane person has ever proposed to ignore the house. So far from ignoring the house in my own work, where there is a beautiful house it tells me what to do! Unhappily, the house is often so bad that nothing can prevent its evil effect on the garden. *"Reproducing uncultivated Nature"* is no part of good gardening, as the whole reason of a flower garden is that it is a home for cultivated Nature. It is the special charm of the garden that we may have beautiful natural objects in their living beauty in it, but we cannot do this without care and culture to begin with! Whether it be Atlas Cedar or Eastern Cypress, Lily-tree or American Mountain Laurel, all must be cared for at first, and we must know their ways of life and growth if we are to treat them so that they will both grow well and be rightly placed-an essential point. And the more precious and rare they are the better the place they should have in the flower garden proper or pleasure ground, —places always the object of a certain essential amount of care even under the simplest and wisest plans. If we wish to encourage "uncultivated Nature" it must surely be a little further afield! A wretched flowerless pinched bedding plant and a great yellow climbing Tea Rose are both cultivated things, but what a vast difference in their beauty! There are many kinds of "cultivated Nature," and every degree of ugliness among them.

Gilbert White's house at Selborne. Example of many gardens with lawn coming to windows and flowers on its margin

Sir C. Barry's idea was that the garden was gradually to become less and less formal till it melted away into the park. Compromises such as these, however, will be rejected by thoroughgoing adherents of the formal gardens who hold that the garden should be avowedly separated from the adjacent country by a clean boundary line, a good high wall for choice. (*The Formal Garden.*)

Would any one put this high wall in front of Gilbert White's house at Selborne, or of Golder's Hill at Hampstead, or many English houses where the erection of a high wall would cut off the landscape? Not a word about the vast variety of such situations, each of which would require to be treated in a way quite different from the rest! There are many places in every county that would be robbed of their best charms by separating the garden from the adjacent country by a "good high wall."

The custom of planting avenues and cutting straight lines through the woods surrounding the house to radiate in all directions was a departure from that strictly logical system which separated the garden from the park, and left the latter to take care of itself, a system which frankly subordinated Nature to art within the garden wall, but in return gave Nature an absolutely free hand outside it. (*The Formal Garden.*)

Nature an "*absolutely free hand*"! Imagine a great park or any part of an estate being left to Nature with an "absolutely free hand"! If it were, in a generation there would be very little to see but the edge of the wood. Callous to the beauty of English parks, he does not know that they are the object of much care, and he abuses all those who ever formed them, Brown, Repton, and the rest.

Example of formal gardening, with clipped trees and clipped shrubs in costly tubs

The True Landscape

Mr. Blomfield writes nonsense, and then attributes it to me —

> that is to say, we go to Claude, and having saturated our minds with his rocks and trees, we return to Nature and try to worry her into a resemblance to Claude.

I am never concerned with Claude, but seek the best expression I can secure of our beautiful English real landscapes, which are far finer than Claude's. At least I never saw any painted landscape like them-say that from the Chestnut Walk at Shrubland, looking over the lovely Suffolk country. That is the precious heritage we have to keep. And that is where simple and picturesque gardening will help us by making the garden a beautiful foreground for the true landscape, instead of cutting it off with a "high wall" or anything else that is ugly and needless.

> The lawns are not to be left in broad expanse, but to have Pampas Grasses, foreign shrubs, etc., dotted about on the surface.

I have fought for years against the lawn-destruction by the terrace-builders and bedding-out gardeners! But how are we to have our lawns in "broad expanse" if we build a high wall near the house to cut off even the possibility of a lawn? This has been done in too many cases to the ruin of all good effect and repose, often to shut out as good landscapes as ever were painted! There are flagrant cases in point to be found in private gardens in the suburbs of London. There is much bad and ignorant landscape work as there is bad building everywhere, but errors in that way are more easily removed than mistakes in costly and aimless work in brick and stone. At Coombe Cottage, when I first saw its useless terrace wall shutting out the beautiful valley view from the living rooms, I spoke of the error that had been made, but the owner thought that, as it had cost him a thousand pounds, he had better leave it where it was!

Buildings in Relation to the Garden

Longleat. Type of nobler English country seat with old house and picturesque planting

The place of formal gardening is clear for ever. The architect can help the gardener much by building a beautiful house! That is his work. The true architect, it seems to me, would seek to go no farther. The better the real work of the architect is done, the better for the garden and landscape. If there are any difficulties of level about the house beautiful, they should be dealt with by the architect, and the better his work and the necessary terracing, if any, are done, the pleasanter the work of the landscape or other gardener who has to follow him should be.

Old Place, Lindfield. Picturesque garden of old English house, admitting of charming variety in its vegetation

That a garden is made for plants is what most people who care for gardens suppose. If a garden has any use, it is to treasure for us beautiful flowers, shrubs, and trees. In these days-when our ways of building are the laughing-stock of all who care for beautiful buildings-there is plenty for the architect to do without spoiling our gardens! Most of the houses built in our time are so bad, that even the best gardening could hardly save them from contempt. Our garden flora is now so large, that a life's work is almost necessary to know it. How is a man to make gardens wisely if he does not know what has to be grown in them? I do not mean that we are to exclude other men than the landscape gardener proper from the garden. We want all the help we can get from those whose tastes and training enable them to help us-the landscape painter best of all, if he cares for gardens and trees-the country gentleman, or any keen student and lover of Nature. The landscape gardener of the present day is not always what we admire, his work often looking more like that of an engineer. His gardening near the house is usually a repetition of the decorative work of the house, of which I hope many artistic people are already tired. And as I think people will eventually see the evil and the wastefulness of this "decorative" stuff, and spend their money on really beautiful and artistic things, so I think the same often-repeated "knots" and frivolous patterns must leave the artistic garden, and simpler and dignified forms take their place.

To endeavour to apply any one preconceived plan or general idea to every site is folly, and the source of many blunders. The authors are not blind to the absurdities of the architectural gardeners, and say, on page 232: —

> Rows of statues were introduced from the French, costly architecture superseded the simple terrace, intricate parterres were laid out from gardeners' pattern books, and meanwhile the flowers were forgotten. It was well that all this pomp should be swept away. We do not want this extravagant statuary, these absurdities in clipped work, this aggressive prodigality. But though one would admit that in its decay the formal garden became unmanageable and absurd, the abuse is no argument against the use.

Certainly not where the place calls for it, and all absolutely necessary stone-work about a house should be controlled by the architect; beyond that, nothing. To let him lay out our home landscapes again with lines of trees, as shown in the old Dutch books, and with no regard to landscape design and to the relations of the garden to the surrounding country, would be the greatest evil that could come to the beautiful home landscapes of Britain.

Time and Gardens

Arundel Castle. Example of situation in which a certain amount of terracing is essential. This does not necessarily mean that the vegetation around should be in formal lines, as much better and more artistic effects are obtained otherwise

Not one word of the swift worker, Time! Its effect on gardens is one of the first considerations. Fortress-town, castle, and moat all without further use! In old days gardens had to be set within the walls; hence, formal in outline, though often charming inside. To keep all that remains of such should be our first care; never to imitate them now! Many old gardens of this sort that remain to us are far more beautiful than the modern formal gardening, which by a strange perversity has been kept naked of plants or flower life! When safety came from civil war, then came to us the often beautiful Elizabethan house, free of all moat or trace of war. At one time it was rash to make a garden away from the protecting walls. Now, any day in a country place beautiful situations may be found for certain kinds of gardens far away from the house, out of sight of it often.

Again, in the home fighting days there was less art away from the home. Rugged wastes and hills; vast woodland districts near London; even small houses moated to keep the cattle from wolves-fear of the rough hills and woods! In those days an extension of the decorative work of the house into the garden had some novelty to carry it off, while the kinds of cultivated trees and shrubs were few. Hence if the old gardeners wanted an evergreen line, hedge, or bush of a certain height, they clipped an evergreen tree into the size they wanted. Notwithstanding this we have no evidence that anything like the geometrical monotony often seen in our own time existed then. To-day the ever-growing city, pushing its hard face over the once beautiful land, should make us wish more and more to keep such beauty of the earth as may be still possible to us. The horror of railway embankments, where were once the beautiful suburbs of London, cries to us to save all we can save of the natural beauty of the earth.

True Use of a Garden

West Dean. Example of country seat in which terracing is needless, and in which turf may and indeed must often come to at least one side of the house

> It is surely flying in the face of Nature to fill our gardens with tropical plants, as we are urged to do by the writers on landscape gardening, ignoring the entire difference of climate and the fact that a colour which may look superb in the midst of other strong colours will look gaudy and vulgar amongst our sober tints, and that a leaf like that of the Yucca, which may be all very well in its own country, *is out of scale and character* amidst the modest foliage of our English trees. (*The Formal Garden.*)

A passage full of nonsense! The true use and first reason of a garden is to keep and grow for us plants *not* in our woods and mostly from other countries than our own! The Yucca, we are told by the authors, is a "plant out of scale and character among the modest foliage of our English trees"! The Yuccas of our gardens are natives of the often cold plains of Eastern America, hardy in, and in every way fitted for, English gardens, but *not* amidst English trees. Is the aim of the flower-garden to show the "modest foliage" of English trees when almost every country house is surrounded by our native woods? According to such childish views, the noble Cedars in the park at Goodwood and on the lawn at Pain's Hill are out of place there! What is declared by Mr. Blomfield to be absurd is the soul of true gardening-to show, on a small scale it may be, some of the precious and inexhaustible loveliness of vegetation on plain or wood or mountain. This is the necessary and absolutely only true, just and fair use of a garden!

Formal Gardening

Athelhampton Hall, Dorset. Old English house with trees in their natural form

The very name of the book is a mistake. "Formal gardening" is rightly applied only to the gardens in which both the design and planting were formal and stupidly formal like the upper terrace of the Crystal Palace, Kensington Gore, as laid out by Nesfield, Crewe Hall; and Shrubland, as laid out by Barry, in which, as in others of these architects' gardens, strict orders were given that no plants were to be allowed on the walls. The architect was so proud of his design, that he did not want the gardener at all, except to pound up bricks to take the place of flower colour! It may be necessary to explain to some that this pounded brick and tile in lieu of colours has frequently been laid down in flower-gardens in our own day. To old gardens like Haddon and Rockingham, in which the vegetation about the house is perfectly free and natural in form, the term "formal gardening" is quite unfitted.

But those who attack the old English formal garden do not take the trouble to understand its very considerable differences from the Continental gardens of the same period.

No one has "attacked" old English gardens. Part of my work has been to preserve much record of their beauty. The necessary terraces round houses like Haddon may be and are as beautiful as any garden ever made by man. Can anything be more unlike than the delicate veil of beautiful climbers and flowers over the grey walls of the courtyard at Ightham Mote and the walls of some gardens of our own day? The great dark rock-like feudal Berkeley is clad with Fig and Vine and Rose as far as they can reach. No trace in these old gardens of the modern "landscape architect," who said, My walls are not made for plants, and for my beds I prefer coloured brick!

The formal garden, with its insistence on strong bounding lines, is, strictly speaking, the only "garden" possible. —R. F. BLOMFIELD
The Vicarage Garden, Odiham. One of numerous British gardens in which the conditions here

declared to be essential are absent

What, then, is the kind of "Formal Gardening" that is bad? It is the purely formal or stone garden made for its own sake, often without a shadow of excuse. The garden of the Crystal

Palace in part; the stone garden at the head of the Serpentine; Versailles; the Grand Trianon; Caserta, Schönbrunn are among the public gardens of Europe where this kind of garden is seen. Great harm has come to many a fair English lawn through this system. Let us learn by one instance, easily seen, the harm done in formal gardening, even where the ground called for an amount of terracing not usual in the plains and mostly gentle lawns of England —I mean the flower-garden at Shrubland Park, laid out by Sir Charles Barry, of which I have recently altered the plan and which I planted with graceful life where I found bare walls.

We will assume that the main terrace lines here are right, as the place stands on a bluff, and speak of a secondary evil of this formal gardening, which arose, I think, about the time Barry laid out Shrubland. That was that the walls of the house or garden were *not* to be graced by plants, and that to secure the keeping of the design, coloured gravels were to take the place of flowers. This rule, as is well known, has been carried out in many gardens-it was rigid here. I see it in some of the new gardens, and in asking at Worth Park why a long terra-cotta wall had not climbers on it, was told the designer would not allow it!

Yet Nature clothes the rock walls with beautiful life, even to the snow line, where the gems of the flower world stain the rocks with loveliest flowers. The crag walls of every alpine valley are her gardens; the Harebells toss their azure bells from the seams of the stones in the bridges across the mountain streams; the ruins of the temples of the great peoples of old, who really could build nobly, grow many a wild flower. Even when we take the stone and build with it, tender colours of lowly plants soon come and clothe the stone.

But the maker of these miserable garden walls, without use or need, says in effect, *Here Nature shall not come to hide my cleverness. I have built walls, and bare they must be!*

Well, with this bareness of the wall there were the usual geometrical pattern beds, many filled with sand and broken stone, and only very low and formal beds of flowers pinched into very low carpets, with much Box often edging beds a foot across. When I first went one spring day with Mr. Saumarez, we saw a large showy bed, and on going near, found it composed of pieces of broken brick painted yellow, blue, and red!

So, apart from needless formality of design and bare walls where no walls were wanted, there was often an ugly formality of detail, a senseless attempt to leave Nature out of the garden, an outrage against all that ever has or ever can make a garden delightful throughout the year by ruling that even the walls of the house should not shelter a Rose! And that is only part of what we get by letting "builders and decorators" waste precious means in stone that should be devoted to the living treasures of garden, lawn, or wood.

———————————————————

"Nature" and what we mean by it

As to a natural school of landscape gardening, the authors say:

> A great deal is said about Nature and her beauty, and fidelity to Nature, and so on;
> but as the landscape gardener never takes the trouble to state precisely what he means
> by Nature, and, indeed, prefers to use the word in half a dozen different senses, we
> are not very much the wiser so far as principles are concerned.

They make this statement as if all beautiful natural landscape were a closed book; as if there were
no stately Yews, in natural forms, on the Merrow Downs, as well as clipped Yews at Elvaston; as
if the tree-fringed mountain lawns of Switzerland did not exist; or lovely evergreen glades on the
Californian mountains, or wild Azalea gardens on those of Carolina, or even naturally-grown
Planes in London squares.

There are many gardens and parks which clearly show what is meant by the "natural" style;
and though, like others, this art is too often imperfect, we have so many instances of its success,
that it is curious to find any one shutting his eyes to them. There are lessons in picturesque
gardening in every country in Europe and in many parts of North America. Mr. Olmstead's
work in America and Mr. Robert Marnock's in England teach them; they may be learnt in many
English gardens-from Sir Richard Owen's little garden in Richmond Park to Dunkeld-even
small rectory and cottage gardens, wholly free of architectural aids, show the principle. It was
but a few weeks ago, in the garden of the English Embassy in Paris, that I was struck with the
simplicity of the lawn and plan of the garden there, and its fitness for a house in a city.

To support their idea that there is and can be no natural school of landscape gardening, the
authors suppose what does not exist, and describe

> A piece of ground laid out with a studied avoidance of all order, all balance, all definite
> lines, and the result a hopeless disagreement between the house and its surroundings.
> This very effect can be seen in the efforts of the landscape gardener, and in old country
> houses, such as Barrington Court, near Langport, where the gardens have not been
> kept up.

Here, instead of taking one of the many good examples in Britain, they take poor, beautiful
old Barrington, now an ill-kept farmhouse, with manure piled against the walls and the ceiling
of the dining-room propped up with a Fir pole! The foolish proposition here laid down, that,
because a garden is picturesque there must necessarily be a *studied avoidance of all order, all
balance, all definite lines,"* is disproved by hundreds of gardens in England. Why did not the
authors take Miss Alice de Rothschild's garden at Eythorpe, or any beautiful and picturesque
English garden, to compare with their results in stone and clipped and aligned trees?

Unclipped trees at the Little Trianon. (Compare with cut on p. 52.)

"All our Paths" are Crooked!

For instance, because Nature is assumed never to show straight lines, all paths are to be made crooked; because in a virgin forest there are no paths at all, let us in our acre and a half of garden make as little of the paths as possible. Deception is a primary object of the landscape gardener. (*The Formal Garden.*)

Westonbirt

This, too, in the face of the facts of the case, of proof ready for the authors, in gardens in every country, from Prospect Park at Brooklyn to the English park at Munich. The fact that the Phœnix Park at Dublin is laid out in a fine, picturesque way does not forbid a great straight road through it —a road finer than in any strait-laced park in France. The late Robert Marnock was the best landscape gardener I have known, and I never saw one of his many gardens where he did not make an ample straight walk where an ample straight walk was required-as, indeed, many may remember is the case in the Botanic Gardens in the Regent's Park, laid out by him.

Again, Nature is said to prefer a curved line to a straight, and it is thence inferred that all the lines in a garden, and especially paths, should be curved.

The utter contempt for design of the landscape gardener is shown most conspicuously in his treatment of paths. He lays them about at random, and keeps them so narrow that they look like threads, and there is barely room to walk abreast.

The opposite of this is indeed the truth, for many gardens and parks laid out with some regard to landscape beauty are partly spoiled by the size and number of the walks, as in the gardens around Paris-the Parc Monceau and Buttes Chaumont, for instance. The slightest knowledge of gardens would show that walks like threads are no necessary part of landscape gardening!

This error shows well the effect of men reading and writing about what they have not seen.

The axiom on which landscape gardening rests is declared by Messrs. Blomfield and Thomas to be

> Whatever Nature does is right; therefore let us go and copy her (p. 5).

Here is a poor sneer at true art, not only at art in landscape gardening, but in all the fine arts. The central and essential idea of the landscape art is choice of what is beautiful-not taking the salt waste in Utah, or a field of weeds, or a Welsh slope of decayed slate, or the bog of Allen, or the thousand other things in Nature that are monotonous or dull to us, even though here and there beautiful as a wide bog may be. We can have in a garden a group of Scotch Firs as good in form as a fine group in wild Nature, and so of the Cedar of Lebanon and many of the lovely trees of the world. We can have bits of rock alive with alpine flowers, or pieces of lawn fringed with trees in their natural forms and as graceful as the alpine lawns on the Jura.

So of all other true art. The Venus of Milo is from a noble type of woman-not a mean Greek. The horses of the Parthenon are the best types of Eastern breed, full of life and beauty, not sickly beasts. Great landscape painters like Corot, Turner, and Troyon show us in their work the absurdity of this statement so impertinently used. They seek not ugly things because they are natural, but beautiful combinations of field, and hill, wood, water, tree, and flower, and grass, selecting groupings which go to make good composition, and then waiting for the most beautiful effects of morning, evening, or whatever light suits the chosen subject best, so give us lovely pictures! But they work always from faithful study of Nature and from stores of knowledge gathered from Nature study, and that is the only true path for the landscape gardener; as all true and great art can only be based on the eternal laws of Nature.

"The Only Garden Possible!"

Thrumpton Hall. A type of numerous English gardens with informal planting

> The word "garden" itself means an enclosed space, a garth or yard surrounded by walls, as opposed to unenclosed fields and woods. The formal garden, with its insistence on strong bounding lines, is, strictly speaking, the only "garden" possible.

All other gardens are, of course, impossible to the authors-the Parc Monceau, the informal gardens about Paris, Glasnevin, the Botanic Gardens in Regent's Park and at Sheffield, Golder's Hill, Greenlands, Pendell Court, Rhianva, and the thousand cottage, rectory, and other British gardens where no wall is seen! The Bamboo garden at Shrubland, the Primrose garden at Munstead, the rock and other gardens, which we must keep in quiet places away from any sight of walls, are all *"impossible"* to these authors! How much better it would be for every art if it were impossible for men to write about things of which by their own showing they have not even elementary knowledge!

And the sketches in the book show us what these possible gardens are! They are careful architects' drawings, deficient in light and shade; not engraved, but reproduced by a hard process, some being mere reproductions of old engravings; and diagrams of old "knots" and "patterns," with birds and ships perched on wooden trellises, without the slightest reference to any human or modern use. A curious one of Badminton will show fully the kind of plan the authors wish to see revived. Some of the illustrations show the evils of the system which the authors advocate, notably one of Levens Hall, Westmoreland, a very interesting and real old garden. Interesting as it is from age, the ugliness of the clipped forms takes away from the beauty of the house. Even in sketches of gardens like Montacute and Brympton, the beauty of the gardens is not well shown. The most interesting drawings, it is not surprising to find, are the informal ones!

Many of the others show the *evil*, not the good, of the system advocated, by their hard lines
and the emphasising of ugly forms.

"No Design in Landscape"

Horticulture stands to garden design much as building does to architecture. This book has been written entirely from the standpoint of the designer, and therefore contains little or no reference to the actual methods of horticulture.

Throughout the book it is modestly assumed that there can be no "design" in anything but in lines of stone, and clipped trees to "harmonise" with the stone, and to bring in "order" and "balance." A Longleat, Highclere or Little Trianon, or any of the many English places which are planted in picturesque ways can show no design; but a French town, with its wretched lines of tortured Limes, is "pure" and "broad" in design. *The naiveté* of the book in this respect is often droll. One amusing passage is on p. 54: —

> However rich the details, there is no difficulty in grasping the principle of *a garden laid out in an equal number of rectangular plots.* Everything is straightforward and logical; you are not bored with hopeless attempts to master the bearings of the garden.

This is the kitchen gardener's view, and that of the market gardener of all countries, but the fun is in calling the idea of it *"grasping a principle"*! At this rate makers of chessboards have strong claims to artistic merit!

No wonder that men who call a "principle" the common way of setting out kitchen and cabbage gardens from Pekin to Mortlake can see no design in the many things that go to make a beautiful landscape!

Equally stupid is the assumption, throughout the book, that the people the authors are pleased to term "landscapists" flop their houses down in the Grass, and never use low walls for dividing lines, nor terraces where necessary, never use walls for shelter or privacy, have no "order" or "balance," and presumably allow the Nettles to look in at the windows, and the cattle to have a fine time with the Carnations!

No Grass in Landscape Gardening!

Goodwood. Example of large English places in which the grass sweeps up to the house

The following glaring piece of injustice is due to want of the most elementary consideration of garden design: —

> Grass-work as an artistic quantity can hardly be said to exist in landscape gardening. It is there considered simply as so much background to be broken up with shrubs and Pampas Grass and irregular beds (p. 135).

The opposite of this is the fact. Grass-work as an "artistic quantity" did not exist in anything like the same degree before landscape gardening. One of the faults of the formal style of gardening still seen in France and Austria is that there is little or no Grass. Compare the Jardin des Plantes in Paris with the Parc Monceau, or the many other gardens about Paris in which Grass is an "artistic quantity." One of the most effective reasons indeed for adopting the English landscape garden was that it gave people some fresh and open Grass, often with picturesque surroundings, and, nowadays, one can hardly travel on the continent and not see some pleasant results of this. In England, the landscape gardeners and writers have almost destroyed every trace of the stiff old formal gardens, and we cannot judge the ill effects of the builder's garden so easily as in France. As a rule, the want of rest and freshness in tropical and sub-tropical gardens is due to the absence of those broad and airy breadths of greensward which, in gardens at least, are largely due to landscape gardening. Think of Warwick without its turf and glorious untrimmed Cedars!

Consider the difference between a picturesque landscape like the Emperor of Austria's stately garden at Laxenberg, near Vienna, and the gardens in the same city formed of miserable clipped trees in lines! Grass as an "artistic quantity" is finely visible at Laxenberg; in the old clipped gardens gravel and distorted trees are the only things seen in quantity-we cannot call it "artistic."

"Landscapist" is used throughout the book as a term of contempt. The authors take some of the worst work that is possible, and condemn all in the same opprobrious terms, as if we were to condemn the noble art of the builders of the Parthenon on seeing a "jerry" building in London. They may be quite sure that there *is* a true and beautiful art of landscape gardening, notwithstanding their denunciations, and it is none the less real because there is no smug definition of it that pleases the minds of men who declare that it does not exist.

The horticulturist and the gardener are indispensable, *but they should work under control,* and they stand in the same relation to the designer as the artist's colourman does to the painter, or, perhaps it would be fairer to say, as the builder and his workmen stand to the architect.

What modesty!

The men whose business it is to design gardens are heartily abused. How very graceful it would be on the part of one of them to write an essay telling architects how to build, and showing that to build well it is not necessary to know anything about the inhabitants or uses of a house!

"Improving" Battersea Park!

Avenue in Paris. Showing that even in a land of clipped trees clipping is not essential

Perhaps after the cemetery, the ugliest things in the fair land of France are the ugly old lines of clipped Limes which deface many French towns. Readers who have not seen these things can have no idea of their abominable hardness and ugliness, the natural form of the trees being destroyed, and deformed and hideous trees resulting from constant clipping. These gouty lines of clipped trees are praised as "noble walls" "pure and broad" in design, while

> Such a place, for instance, as Battersea Park is like a bad piece of architecture, full of details which stultify each other. The only good point in it is the one avenue, and this leads to nowhere. If this park had been planted out with groves and avenues of Limes, like the boulevard at Avallon, or the squares at Vernon, or even like the east side of Hyde Park between the Achilles statue and the Marble Arch, at least one definite effect would have been reached. There might have been shady walks, and noble walls of trees, instead of the spasmodic futility of Battersea Park.

Battersea Park, like many others, may be capable of improvement; but here we have men who want to supplant its lawns, grassy playgrounds, and pretty retired gardens with Lime trees like those of a French town, and lines and squares of trees like those at Vernon, which I once saw half bare of leaves long before the summer was over!

The authors see with regret that the good sense of planters has for many years been gradually emancipated from the style (as old as the Romans and older) of planting in rows. It was the very early and in a very real sense a barbarous way. Since the days when country places were laid out "in a number of rectangular plots," whole worlds of lovely things have come to us–to give one instance only, the trees of California, Oregon, and the Rocky Mountains. For men to talk of designing homes for such things, who say they have no knowledge of them, is absurdity itself!

Clipped trees at the Little Trianon

"*An unerring perception told the Greeks that the beautiful must also be the true, and recalled them back into the way. As in conduct they insisted on an energy which was rational, so in art and in literature they required of beauty that it, too, should be before all things rational.*" — PROFESSOR BUTCHER, in *Some Aspects of the Greek Genius.*

Nature and Clipped Yews

The remarks quoted below on Nature and the clipping shears are not from Josh Billings, but from *The Formal Garden*, of which the literary merit, we are told in the preface, belongs to Mr. Blomfield.

> A clipped Yew tree is as much a part of Nature-that is, subject to natural laws-as a forest Oak; but the landscapist, by appealing to associations which surround the personification of Nature, holds up the clipped Yew tree to obloquy as something against Nature. So far as that goes, it is no more unnatural to clip a Yew tree than to cut Grass.

The "Grange," Hartley Wintney

I believe we cut Grass when we want hay, or soft turf to play on, but disfiguring a noble tree is not a necessary part of our work either for our profit or pleasure. Perhaps, as is probable, Mr. Blomfield has never noticed what a beautiful tree a Yew in its natural form is. It is not only on the hills he may see them. If he will come and see them in my own garden in a high wind some day, or when bronzed a little with a hard winter, he may change his amusing notions about clipped Yews.

I think I can give Mr. Blomfield a rational explanation of why it is foolish to clip so fair a tree or any *tree*.

I clip Yews when I want to make a hedge of them, but then I am clipping a hedge, and not a tree. I hold up "the clipped Yew tree to obloquy," as the tree in its natural form is the most beautiful evergreen tree of our western world-as fine as the Cedar in its plumy branches, and more beautiful than any Cedar in the colour of its stem. In our own day we have seen trees of the same great order as the Yew gathered from a thousand hills-from British Columbia, through North America and Europe to the Atlas Mountains, and not one of them has yet proved to be so beautiful as our native Yew when it is allowed to grow unclipped root or branch. But in gardens the quest for the strange and exotic is so constant, that few give a fair chance to the Yew as a tree, while in graveyards where it is so often seen in a very old state, the frequent destruction of the roots in grave-digging prevents the tree from reaching its full stature and beauty, though there are Yews in English churchyards that have lived through a thousand winters.

A Yew Tree on Mountain, N. England

I do not clip my Yews, because clipping destroys the shape of one of the most delightful in form of all trees, beautiful, too, in its plumy branching. It is not my own idea only that I urge here, but that of all who have ever thought of form, foremost among whom we must place artists who have the happiness of always drawing natural forms. Let Mr. Blomfield stand near one of the Cedar-like Yews by the Pilgrim's Way on the North Downs, and, comparing it with trees cut in the shape of an extinguisher, consider what the difference means to the artist who seeks beauty of form. Clipping such trees does not merely deserve "obloquy"; it is worse than idiotic, as there is a sad reason for the idiot's ways.

If I use what in the Surrey nurseries are called "hedging Yews" to form a hedge, high or low, I must clip them to form my hedge, and go on doing so if I wish to keep it, or the hedge would soon show me that it was "subject to natural laws," and escape from the shears.

What right have we to deform things given us so perfect and lovely in form? No cramming of Chinese feet into impossible shoes is half so wicked as the wilful distortion of the divinely beautiful forms of trees. The cost of this hideous distortion alone is one reason against it, as one may soon find out in places where miles of trees cut into wall-like shape have to be clipped, as at Versailles and Schönbrunn! This clipping is a mere survival of the day when gardens had very few trees, and it was necessary to clip the few they had to fit certain situations to conform to the architect's notion of "garden design." This is not design at all from any landscape point of view; and though the elements which go to form beautiful landscape, whether home landscape or the often higher landscape beauty of the open country, are often subtle, and though they are infinitely varied, they are none the less real. The fact that men when we had few trees clipped them into walls and grotesque shapes to make them serve their notions of "design" is surely not a reason why we, who have the trees of a thousand hills with trees of almost every size and shape among them, should violate and mutilate some of the finest natural forms!

Building in Paris. Showing that intimate association with buildings does not necessitate clipping or distortion of trees

Thus while it may be right to clip a tree to form a wall, dividing-line, or hedge, it is never so to clip trees grown as single specimens or groups, as by clipping such we only get ugly forms-unnatural, too. Last autumn, in Hyde Park, I saw a man clipping Hollies at the Rotten Row end of the Serpentine, and asking him why it was done, he said it was to "keep them in shape," though, to do him justice, he added that he thought it would be better to let them alone. Men who clip so handsome a tree as the Holly when taking no part in a hedge or formal line are blind to beauty of form. To tolerate such clipped forms is to prove oneself callous to natural beauty of tree form, and to show that we cannot even see ugliness.

Take, again, the clipped Laurels by which many gardens and drives are disfigured. Laurel in its natural shape in the woods of west country or other places, where it is let alone, is often fine in form, though we may have too much of it. But it is planted everywhere without thought of its stature or fitness for the spot, and then it grows until the shears are called in, and we see nearly every day its fine leaves and free shoots cut short back into ugly banks and sharp, wall-like, or formless masses, disfiguring many gardens without the slightest necessity. There is no place in which it is used clipped for which we could not get shrubs quite suitable that would not need mutilation. It is not only clipped trees that are ugly, but even trees like the Irish Yew, Wellingtonia, and some Arbor-vitæ, which frequently assume shapes like extinguishers or the forms of clipped trees. It often happens that these, when over-planted or planted near houses, so emphasise ugly forms about the house, that there is no beauty possible in the home landscape. Many of such ugly, formless trees have been planted within the last generation, greatly to the injury of the garden landscape.

In the old gardens, where, from other motives, trees were clipped when people had very few Evergreens or shrubs of any kind, or where they wanted an object of a certain height, they had to clip. It is well to preserve such gardens, but never to imitate them, as has been done in various English and American gardens. If we want shelter, we can get it in various delightful ways without clipping, and, while getting it, we can enjoy the beautiful natural forms of the finest Evergreens. Hedges and wall-like dividing lines of green living things will now and then be useful, and even may be artistically used; they are sometimes, however, used where a wall would be better, walls having the great advantage of not robbing the ground near. A wall is easily made into a beautiful garden with so many lovely things, too, from great scrambling yellow Roses to alpine flowers. To any one with the slightest sympathy with Nature or art these things need not be said.

No Line in Nature!

Now as a matter of fact in Nature-that is, in the visible phenomena of the earth's surface-there are no lines at all; "a line" is simply an abstraction which conveniently expresses the direction of a succession of objects which may be either straight or curved. "Nature" has nothing to do with either straight lines or curved; it is simply begging the question to lay it down as an axiom that curved lines are more "natural" than straight.

Then men must never again talk of the "lines" of a ship! Perhaps Mr. Blomfield would accept a plumb line? One can hardly leave London an hour before a person who looks at the landscape may see the lines or boundaries between one mass and another. Who could stand amongst downs or an alpine valley and say there are no lines in them, inasmuch as one of the most visible and delightful things in all such cases is the beauty of those lines? This is the key of the whole question of landscape gardening. There is no good landscape gardening possible without a feeling for the natural gradation and forms of the earth.

Broadlands, Hants

It can be seen in little things, like the slope of a field as well as in the slope of a mountain, and it is the neglect of this which leaves us so little to boast of in landscape work. In a country slightly diversified it is, of course, more important than in a perfectly flat one, but in all diversified ground no good landscape work can be done without regarding the natural gradation of the earth, which will often tell us what to do. It is blindness to this principle which makes so many people cut their roads and walks crudely through banks, leaving straight sharp sides-false lines, in fact-when a little care and observation would have avoided this and given a true and beautiful line for a road or walk.

Once the necessary levels are settled and the garden walks by straight walls about the house are got away from, we soon come to ground which, whether we treat it rightly or not, will at once show whether the work done be landscape work or not. No plan, it seems to me, is so good as keeping to the natural form of the earth in all lawn, pleasure ground, and plantation work. Roads, paths, fences, plantations, and anything like wood will be all the better if we are guided by natural lines or forms, taking advantage of every difference of level and every little accident of the ground for our dividing lines and other beginnings or endings.

In the absence of any guidance of this sort, what we see is brutal cutting through banks, lines like railway embankments-without the justification there is for the sharpness of a railway embankment-and ugly banks to roads, very often ugly in their lines too. If we are ever to have a school of true landscape gardening, the study and observation of the true gradation of the earth must be its first task.

"Vegetable Sculpture"[2]

Warren House, Coombe Wood

This gentleman, unfortunately without any knowledge of plants, trees, or landscape beauty, launches out into the dreary sea of quotations from old books about gardens, and knows so little of where he is going, that he is put out of his course by every little drift of wind.

One goes through chapter after chapter thinking to get to the end of the weary matter only to find nothing but quotations, even to going back to an old book for a song. When at last we come to a chapter on *"Art in the Garden,"* this is what is offered us as sense on a charming subject, familiar to many, so that all may judge of the depth of this foolish talk about it! Such a writer discussing in this way a metaphysical or obscure subject might swim on in his inky water for ever, and no one know where he was!

Let us here point to the fact, that any garden whatsoever is but Nature idealised, pastoral scenery rendered in a fanciful manner. It matters not what the date, size, or style of the garden, it represents an idealisation of Nature. *Real* nature exists outside the artist and apart from him. The Ideal is that which the artist conceives to be an interpretation of the outside objects, or that which he adds to the objects. The garden gives imaginative form to emotions the natural objects have awakened in man. The *raison d'être* of a garden is man's feeling the *ensemble*.

But we cannot allow him to bring the false and confusing "art" drivel of the day into the garden without showing the absurdity of his ideas.

The illustrations are of the most wretched kind produced by some process, the only interesting one being one of Levens. The most childish ideas of the garden prevail-indeed we hardly like to call them childish, because children do put sensible questions and see clearly. For instance, for the author there is no art in gardening at all-the "art" consists entirely of building walls and planting Yew hedges. Thus the work of the late James Backhouse, who knew every flower on the hills of Northern England, and expressed that knowledge in his charming rock garden, is not art, but cutting a tree into the shape of a cocked hat *is* art, according to Mr. Sedding!

Drummond Castle. Example of beautiful garden in Scotland, in position requiring terracing

He assumes that landscape gardeners all follow artistic ways, and that only architects make terraces; whereas the greatest sinners in this respect have been landscape gardeners-Nesfield and Paxton. He has paid so little attention to the subject, that he says that the landscape gardener's only notion is to put Grass all around the house! It does not even occur to him that there may be Grass on one side of a house and gardens of various sorts at the others, as at Goodwood, Shrubland, Knole, and that a house may have at each side a different expression of landscape gardening!

He takes the *English Flower Garden* as the expression of landscape gardening practice; whereas the book, in all the parts that treat of design, is a protest against the formation by landscape gardeners of costly things which have nothing to do with gardening and nothing to do with true architecture. The good architect is satisfied with building a beautiful house, and that we are all the happier for. But what we have to deplore is that men who are not really architects, who are not gardeners, should cover the earth with rubbish like the Crystal Palace basins, the thing at the top of the Serpentine, and the Grand Trianon at Versailles.

Here is a specimen of Mr. Sedding's knowledge of the landscape art.

> For the "landscape style" does not countenance a straight line, or terrace, or architectural form, or symmetrical beds about the house, for to allow these would not be to photograph Nature. As carried into practice, the style demands that the house shall rise abruptly from the Grass, and the general surface of the ground shall be *characterised by smoothness and bareness (like Nature!)*.

Madresfield. Example of modern English garden

If he had even taken the trouble to see a good garden laid out by Mr. Marnock or anybody worthy of the name of landscape gardener, he would find that they knew the use of the terrace very well. If he had taken the trouble to see one of my own gardens, he would find beds quite as formal, but not so frivolous as those described in the older books, and lines simple and straight as they can be. Where Barry left room for a dozen flowers at Shrubland I put one hundred; so much for the *"bareness"*!

On page 180 he says: —

> I have no more scruple in using the scissors upon tree or shrub, where trimness is desirable, than I have in mowing the turf of the lawn that once represented a virgin world. There is a quaint charm in the results of the topiary art, in the prim imagery of evergreens, that all ages have felt. And I would even introduce Bizarreries on the principle of not leaving all that is wild and odd to Nature outside of the garden paling; and in the formal part of the garden *my Yews should take the shape of pyramids, or peacocks, or cocked hats, or ramping lions in Lincoln green, or any other conceit I had a mind to, which vegetable sculpture can take.*

After reading this I saw again some of the true "vegetable sculpture" that I have been fortunate to see; Reed and Lily, a model for ever in stem, leaf, and bloom; the grey Willows of Britain, sometimes lovelier than Olives against our skies; many-columned Oak groves set in seas of

Primroses, Cuckoo flowers and Violets; Silver Birch woods of Northern Europe beyond all grace possible in stone; the eternal garland of beauty that one kind of Palm waves for hundreds of miles throughout the land of Egypt, —a vein of summer in a lifeless world: the noble Pine woods of California and Oregon, like fleets of colossal masts on mountain waves-saw again these and many other lovely forms in garden and woodland, and then wondered that any one could be so blind to the beauty of plant and tree as to write as Mr. Sedding does here.

From the days of the Greeks to our own time, the delight of all great artists has been to get as near this divine beauty as the material they work with permits. But this deplorable *"vegetable sculptor's"* delight is in distorting beautiful natural forms; and this in the one art in which we enjoy the living things themselves, and not merely representations of them!

The old people from whom he takes his ideas were not nearly so foolish, as when the Yew tree was used as a shelter or a dividing line, and when a Yew was put at a garden door for shelter or to form a hedge, it was necessary to clip it if it was not to get out of all bounds. But here is a man delighting for its own sake in what he calls with such delicate feeling *"vegetable sculpture,"* in "cocked hats" and "ramping lions"!

Printed by R. & R. Clark, Edinburgh

Footnote

[1] *The Formal Garden in England.* By Reginald Blomfield and F. Inigo Thomas. London: Macmillan and Co.

[2] *Garden Craft, Old and New.* By John D. Sedding. London: Kegan Paul, Trench, Trübner and Co.